그림 그리는 남자

그림 그리는 남자

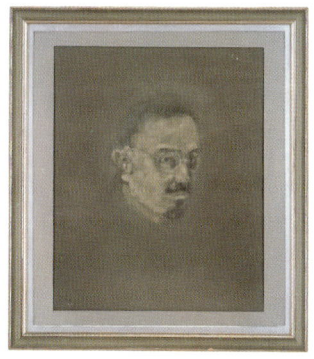

다마무라 도요오 지음 | 송태욱 옮김

mu**j**intree
뮤진트리

· 제작과정 사진 촬영 : 세라 다케시(世良武史)

내가 아침에 그림을 그리는 것은,
그 시간에만 아틀리에의 책상에 앉을 수 있기 때문이 아니라
식물이 가장 싱싱하고 아름다울 때 그리고 싶어서다.

〈하니사클〉 47.0×35.0(2007)
원화의 크기 표시 단위는 센티미터(이하 동일)

아틀리에 서쪽 창과 작업 중인 그림

머리말

아침, 이제 막 탄생한 빛의 조그만 알갱이에 둘러싸여, 뜰에서 꺾어 온 꽃의 꽃술이 희미하게 떨고 있다. 나는 유리컵에 꽂은 꽃의 줄기를 왼손으로 잡고, 잘 깎인 연필 끝으로 하얀 종이 위에 가는 선을 긋기 시작한다.

초여름부터 가을에 걸쳐 정원이나 잡목림에 앞 다투어 꽃이 피는 계절에는 이렇게 아틀리에에서 아침을 맞는 것이 나의 일과다.

원고를 쓰고 사람을 만나고 강연을 한다. 와이너리를 운영하고 카페의 손님맞이를 돕고 때로는 주방에도 들어간다. 여러 가지 일을 맡고 있는데, 그중 무슨 일을 할 때가 제일 즐겁냐는 질문을 간혹 받는다. 그럴 때는, "아니, 어느 게 특별히 그런 건 없습니다. 다 좋아하는 일이고, 제각각 다른 즐거움이 있으니까요."라고 대답하는데, 역시 제일 흡족하고 평온한 행복감을 맛볼 수 있는 시간은 아틀리에에서 보내는 아침일 것이다. 특히 막 꺾어 온 꽃을 자연의 빛 속에 놓고 가까이에서 지켜보는 시간. 가만히 지켜보는 사이에도 꽃잎이 조금씩 움직인다. 아직 살아 있는 것이다. 끝이 있는 그 생명을 애지중지하며 나는 눈에 보이는 그대로의 모습을 종이 위에 옮긴다.

　중년이 되어 그림을 다시 시작한 지 올해로 꼭 20년이 된다. 지금까지 그림에 관한 글은 화집에 쓴 작품 해설을 제외하면 짧은 글 몇 편이 전부다. 그러나 이쯤에서 그림만을 그렸던 어린 시절, 일본화 화가였던 아버지 이야기, 액년[1]에 병을 앓은 걸 계기로 오래전에 그만두었던 그림을 다시 그리기 시작했을 때의 상황, 그림을 그리는 일이 취미에서 점차 일이 되어간 과정 등 내가 그림과 관계를 맺어온 일들을 정리해두는 것도 나쁘지 않을 것 같다.

　그림에 관한 나의 생각이나 내 나름의 수채화 기법도 개진해보려

---

1) 일생에 재난을 만나게 된다는 나이. 세는 나이로 남자는 25, 42, 61세, 여자는 19, 33, 37세라고 한다. 여기서는 저자가 42세였을 때를 가리킨다.

고 한다. 이제 와서 아마추어 화가의 기법 같은 걸 들어봐야 무슨 소용이 있겠냐는 사람도 많을 것이다. 하지만 학교 같은 곳에서 전문적인 미술교육을 받지 않았고 누구의 가르침도 제대로 받은 적이 없으며 그저 보고 혼자서 흉내 내는 중에 저절로 터득한 나만의 기법이, 중장년이 되어 그림이라도 그려볼까 하는 가벼운 마음으로 붓을 든 사람들에게는 의외로 도움이 될지도 모르는 일이다.

그런 뜻에서, 옛날에 그린 그림부터 최근에 그린 그림까지 약 90점의 작품을 컬러 도판으로 글과 함께 게재하기로 했다.

차례

■ 머리말   07

제1장 아침의 습관

포도밭의 괴이한 일   15

아틀리에 설계   27

아마추어 화법   37

제2장 마흔 살의 배움

그림을 그리기 시작한 무렵   59

어른의 낙   74

새로운 자신의 발견   90

제3장 프로와 아마추어의 차이

첫 개인전　101

부엌에 걸려 있던 그림　121

나도 그릴 수 있다　134

제4장 화가의 아들

말의 발에 난 털　149

다마무라 호쿠토에 대하여　153

성묘　173

제5장 라이프 아트

그림을 사는 사람　187

라이프 아트　212

모란디의 아침　233

■ 에필로그　244

제1장
아침의 습관

〈클레마티스와 그리스 꽃병〉 36.5×42.3(2007)

포도밭의 괴이한 일

작년 봄, 포도밭에 괴이한 일이 일어났다.

그날도 아침에 일어나자마자 여느 때처럼 아틀리에로 가 서쪽으로 난 커다란 창으로 바깥을 내다보았다. 멀리 있는 가장 오래된 포도밭 흙의 일부가 까매진 것처럼 보였다. 아침저녁으로는 아직 서리가 내릴 만큼 기온이 내려가기도 했지만, 화창한 날은 때로 땀이 밸 만큼 포근했다. 마을 뒷산에 신록이 싹트는 계절이다. 와이너리의 스태프들이 슬슬 올해 밭농사라도 시작한 것일까.

일반적으로 와인을 만드는 포도에는 영양분을 별로 주

지 않는다. 원래 포도는 건조한 지역의 척박한 땅에서 자라는 생명력이 강한 식물이기도 하고, 또 좋은 와인을 만들기 위해서는 포도 묘목을 좁은 간격으로 심어 서로 경쟁시키면서 흙 속의 물과 영양분을 찾아 뿌리를 깊게 뻗도록 키우는 것이 좋다고 한다. 그래서 포도를 재배하는 밭에는 채소밭처럼 매년 충분한 비료를 주지 않는다.

그런데 포도 재배에 적합한, 물이 잘 빠지는 비탈의 겉흙이 매년 비에 조금씩 쓸려나가는 탓에 원래 흙에 포함되어 있던 영양분도 차츰 줄어든다. 그 때문에 2년에 한 번쯤은 밭의 흙을 일궈주고 퇴비나 미량의 양분을 보급해줘야 한다.

포도밭의 흙도 살필 겸, 나는 개를 데리고 산책을 나갔다. 집의 앞뜰에서 와이너리 건물의 모퉁이를 돌아, 밭을 따라 난 농로의 완만한 비탈길을 내려가는 여느 때의 코스다. 5분쯤 걸으면 내가 이 지역에 와서 처음으로 개간한 가장 오래된 포도밭에 도착한다.

둑 위의 농로에서 내려다보니 밭의 흙이 한 두렁 걸러 파헤쳐져 있었다. 2년에 한 번이라는 것은 알파벳 수만큼의 두렁이 있는 이 포도밭을 매년 절반씩, 즉 한 두렁 걸러 일구고 비료를 주면 된다는 걸 의미한다. 그게 정석대로의 일이다.

그런데 멈춰 서서 자세히 들여다보니 조금 이상한 점이 있었다.

두렁이 시작되는 곳에서 정확히 잰 것처럼 일직선으로 파기 시작한 것은 그렇다 치고, 작업을 한 전체 70퍼센트 정도의 면적 중 절반에 가까운 두렁이 손도 대지 않은 채 그대로 남아 있었다. 또 한가운데 일부만 파헤쳐진 두렁도 있었다. 항상 깔끔하게 일을 하는 와이너리의 스태프가 한 일이라고는 도저히 믿을 수 없을 만큼 날림이었다. 게다가 밭을 일구는 작업은 겨울이 오기 전에 끝내는 것이 보통인데, 대체 왜 이런 시기에 갑자기 일을 시작한 것일까.

아침을 먹고 서재에서 한동안 일을 한 후 와이너리 사무실에 얼굴을 내밀자, 양조주임인 고니시 씨가 내게 말했다.

"오늘 아침에 누군가 아래쪽 밭을 망쳐놓은 것 같습니다."

당혹감을 드러낸, 불안한 표정이었다.

그러고 보니 어제까지만 해도 밭의 흙은 파헤쳐져 있지 않았다. 내가 아틀리에의 창으로 본 것은 오늘 오전 6시가 채 안 된, 날이 밝은 지 얼마 되지 않은 시각이었다. 처음에 내가 스태프가 한 일이라고 믿은 것은 착각이었다. 어제 저녁까지 아무 일도 없었다면 스태프가 한 일일 수가 없는 것이다. 그렇다면 어젯밤 늦은 시간이나 오늘 아침

이른 시간, 즉 어두울 때 어떤 사람이 포도밭으로 와서 흙을 건드렸다는 이야기가 된다.

"대체 누가 일부러 그런 짓궂은 짓을 한 걸까요?"

"……."

나도 짐작할 수가 없었다.

밭의 흙을 파헤친들 하등 손해가 되는 일은 아니었다. 독이라도 뿌렸다면 이야기가 달라지겠지만, 그런 낌새는 없다고 한다. 또 포도나무에 직접 손을 댄 흔적도 없고, 버팀목이나 철사에도 아무런 손상이 없다.

누가 그냥 괴롭히려고 한 짓일까? 그러나 누군가가 우리를 괴롭히려고 짓궂은 장난을 했다면, 대체 누가, 무엇 때문에 그랬을까?

다른 사람에게 원한을 살 만한 일도 짚이지 않았다. 지역 사람들과는 우호적으로 지내고 있고, 특별히 이웃과의 말썽도 없다. 와이너리 운영을 시작하고 나서 그때까지 조용했던 마을에 관광객이 찾아오고 자동차의 통행량이 늘어난 것은 분명하다. 그것을 불편하게 생각하는 마을 사람이 있는지는 모르겠지만, 그것을 원망하여 일부러 짓궂은 짓을 할 사람은 적어도 이 동네에는 없다. 와인을 직접 만드는 고니시 씨는 와이너리 매장이나 레스토랑이 번창할 뿐 아니라, 새로 생긴 작은 제조업체인데도 대회에서 상위에 입상하는 등

'빌라데스트' 와인이 좋은 평판을 받는 걸 질투해서 누군가가 그랬을 수도 있다고 말하고 싶어 하는 것 같았다. 하지만 아무리 그렇다고 해도 그런 일은 있을 수 없다.

결국 어떤 이유도 찾아내지 못한 채, 당분간 상황을 지켜보기로 했다. 일부러 괴롭힐 생각이었다면 또 그런 짓을 할지도 모르므로.

그날은 오전에 손님이 와서 그림 그릴 시간이 없었다. 보통은 아침나절부터 점심때까지는 다른 일정을 잡지 않고 아틀리에에 틀어박혀 그림을 그린다.

이튿날 나는 개를 데리고 산책을 나간 김에 잡목림에서 으름덩굴 꽃을 꺾어 왔다.

으름덩굴은 이른 봄에 꽃을 피운다. 잡목림에서 맨 처음 피는 꽃이라고 해도 좋으리라. 연한 보랏빛이 도는 베이지색 수꽃과 짙은 보라색 꽃술을 가진, 수꽃보다 약간 큰 암꽃 여러 개가 특이한 모양의 잎사귀 사이에 매달려 있는 모습은 너무나도 사랑스럽다. 하지만 덩굴이 나뭇가지를 휘감고 있어 꽃이 잘 보이지 않는 데다, 녹음 속에서 수수한 색깔의 꽃이 눈에 잘 띄지 않는 탓인지 시골에 살고 있어도 으름덩굴 꽃을 모르는 사람이 있다. 가을에 열리는 으름은 옛날부터 식용으로 써왔지만, 봄에 피는 꽃을 꺾어 장식하는 사람은 많지 않을 것이다.

나는 꽃이 많이 달려 있는 덩굴을 꺾어 소중히 들고 와 꽃병에 꽂아두고, 아침식사를 간단히 마친 후 아틀리에에서 그날의 그림을 그리기 시작했다.

하얀 종이를 준비하고, 먼저 연필로 선을 연하게 그려 대체적인 위치를 잡는다. 그러고 나서 이번에는 신중하게 조금 전보다 살짝 힘을 주어 잎사귀의 윤곽부터 그리기 시작한다.

힘을 준다고 해도 아직 선의 끝이 떨릴 정도의 약한 힘이다. 내가 쓰는 연필은 홀더 끝에 심을 끼우는 타입으로 경도는 2H. 종이는 수십 장을 포개놓고 가장자리를 풀로 붙여놓아 다 그리면 한 장씩 떼어내며 사용하는 수채화용 블록형 스케치북이라고 하는 것이다. 재질은 그다지 거칠지 않은 세목(hot press, 고운 면) 내지는 중목(cold press, 중간 정도 거침)을 쓰고 있다.

종이 표면의 거친 정도에 따라 연필 끝의 흑연이 마모되는 양이 다르기 때문에, 경도가 같은 연필로 선을 그어도 황목(rough, 거침) 종이가 세목 종이보다 선이 짙고 두껍게 그어진다. 내가 세목 종이와 딱딱한 연필을 쓰는 것은 가늘고 옅으며 정확한 선을 긋기 위해서다. 그런데 연필을 누르는 압력이 높으면 연필심의 자국이 종이에 남는다. 그러므로 대체적인 위치를 정한 후 우선 연필이 떨릴 정도로 약하게 그리기 시작하고, 마음에 드는 선을 그을 때까지 몇 번이고 그리고는 지우고 그리고는 지운다. 마침내 이거다 하는 선을 찾으면 그 선 위로, 종이에 살짝 흔적을 남길 정도로 전보다는 다소 힘을 주어 덧그린다.

그런 후 지면 위에 남아 있는 흔들린 선을 지우개로 모두 지워버린다. 너무 세게 박박 문지르지만 않으면 마지막에 그은 선만 남는다. 설사 그 선까지 지워진다고 해도 종이에 살짝 남은 흔적을 따라 복원할 수 있다. 이런 식으로 마지막에 결정한 선만 종이 위에 남기는 것이다.

나는 이렇게 연필로 밑그림을 그린다.

일반적으로 수채화라고 하면, 황목 종이에 2B나 3B의 두꺼운 연필로 날렵하게 데생을 한 후 물감 묻힌 붓을 대담하게 놀리는 그런 이미지를 갖고 있는 사람이 많을 것이다. 물론 나도 그런 수채화다운 수채화를 그리고 싶지 않은 건 아니지만, 어찌된 일인지 그림을 그리기 시작한 때부터 연필 끝을 느릿느릿 종이에 닿게 하며 머뭇머뭇 흔들리는 선을 긋는 데서 시작하는, 아주 조심스러운 수채화밖에 그릴 수 없다.

따라서 여러 번 지우개로 지워도 끄떡없는 튼튼한 종이와 연필심 끝에서 닳는 흑연의 양이 적은, 즉 지우개로 지워도 지면이 까매지지 않는 딱딱한 심이 필요한 것이다.

남는 것은 마지막에 그은 선뿐이다. 가끔은 처음에 그은 선이 그대로 채택되는 일도 있지만, 보통은 최종적인 선을 찾을 때까지 몇 번이고 시행착오를 거듭한다.

흔히 불상을 만드는 조각가가 제작의 비법을 말할 때, 자신이 나무를 깎아 상을 만들어내는 것이 아니라 무심한 마음으로 칼을 움직이는 사이에 나무 안에 깃들어 있는 불상이 자연스럽게 모습을 드러내는 것이라고 한다. 그런 높은 경지와는 전혀 무관하게, 흔들리는 선을 자신감 없이 몇 번이고 그은 뒤에야 마침내 하나의 선을 남기는 이 작업은 나의 의지로 선을 긋는다기보다 종이 안에 감추어져 있는 하나의 올바른 선을 찾아내기 위해 닥치는 대로 파헤치는 것과 비슷한지도 모르겠다.

그런 생각을 하면서 나는 으름덩굴 잎의 윤곽을 그리려고 어느 때처럼 몇 번이고 선을 긋고 지우기를 반복한다.

포도밭 사건은 어이없는 형태로 결론이 났다.

범인은 아무래도 멧돼지였던 모양이다.

그 일이 있은 후 몇 명의 스태프와 지역 사람들에게 그 일을 이야기하자, 멧돼지 짓일 거라는 설이 가장 많았다. 그 이야기를 듣고 나도 오후에 다시 한 번 현장을 보러 갔다.

파헤쳐진 밭의 점토질 흙이 거의 같은 크기의 덩이가 되어 두렁 사이에 흩어져 있었다. 그때까지 땅속에 있던 흙은 아직 습기를 머금고 있어 부드럽게 검은빛을 내고 있었다. 자세히 들여다보니 기계를 써서 작업한 흔적과 큰 차이가 없었다. 두렁이 시작되는 곳이 자로 잰 듯 정확히 일직선으로 파헤쳐진 것도, 트랙터의 회전하는 날들이 시동과 함께 일제히 흙을 도려낸 것이라고밖에 볼 수 없는 흔적이었다.

그러나 농기계 창고에 보관되어 있는 트랙터나 소형 경운기에는 아무도 손을 댄 흔적이 없었다. 우리를 괴롭히려고 짓궂은 짓을 하려는 사람이 있었다고 해도 일부러 자신의 트랙터를 여기까지 몰고 와 흙을 파헤쳤을까. 그날 아침 내가 아틀리에의 창 너머로 그 괴이한 일을 처음으로 발견한 것이라면, 캄캄한 어둠 속에서는 작업이 불가능했을 것이고 날이 밝아오기 시작한 무렵에 했다면 트랙터를 몰고 오는 수상한 사람을 내가 목격했을 것이다.

그렇다면 멧돼지가 범인이라는 설의 증거는 어디에 있는가.

현장의 흙 위를 걸으면서 때때로 쭈그리고 앉아 자세히 관찰하다가 나는 이상한 것을 발견했다. 흩어져 있는 흙덩이 사이에 군데군데 조그맣게 움푹 팬 곳이 있다. 주먹을 쥐고 찌른 듯한 구멍이었다. 크기는 골프공보다 약간 큰 정도였다. 이것이 멧돼지의 발자국인가 ….

파헤쳐진 흙 부분 이외에는 전혀 발자국이 없어서 처음 봤을 때는 동물을 의심하지 않았다. 오히려 두렁이 시작되는 지점부터 정확하게 잡은 것이나 두렁 사이의 흙을 상당히 깊게 파헤쳤으면서도 양쪽 포도나무의 밑동 바로 앞에서 뚝 멈춘 점 등을 보면, 아무리 봐도 그렇게 영리할 것 같지 않은 멧돼지 같은 동물이 할 수 있는 짓은 아니라는 생각이 들었다.

파헤쳐져 겉으로 드러난 흙은 아직 축축하고 부드러웠다. 그 부드러운 흙 위를 걸을 때만 구멍 같은 발자국이 생겼고, 주위의 흙은 겨울 동안 말라 딱딱했으므로 발자국이 찍히지 않았다. 그러나 어떤 두렁의 끝에는 발바닥에 부드러운 흙이 묻어 옮겨진 것 같은, 몇 걸음인가 멧돼지의 보폭으로 생각되는 간격으로 마른 흙 위에도 까만 흔적이 묻어 있었다. 바로 그것이 멧돼지가 범인이라는 주장을 납득하게 해준 증거였다.

멧돼지가 흙을 파헤친 것은 그곳에 퇴비가 묻혀 있었기 때문이다. 와이너리의 스태프는 정해진 대로 작년 겨울에 한 두렁 건너 흙을 파헤치고 퇴비를 뿌렸다. 두렁 끝에서 부터 정확히 일직선으로 출발하여 양쪽에 늘어서 있는 포도나무 밑동에 닿을락말락하는 데까지, 회전하는 트랙터 날의 폭을 따라 일구었다. 개들은 소똥이 들어간 퇴비를 즐겨 먹는데, 멧돼지도 발효하여 흙에 잘 밴 퇴비를 먹으러 온 것일까. 아니면 봄이 와 따뜻해져서 퇴비 속에 지렁이가 늘어난 때를 틈타 지렁이를 먹으러 온 것일까. 어쨌든 그들은 그 긴 코끝으로 흙을 파헤쳤다. 아마 예리한 후각으로 어디서 어디까지 퇴비가 묻혀 있는지 정확히 알아냈으리라. 그러므로 영리하지 않아도 사람이 일한 흔적을 덧그리듯이 정확히 파헤친 것이다.

이것으로 빌라데스트의 와인이 너무 맛있어서 누군가에게 못된 짓을 당했다는 설은 일소에 부쳐진 셈이다. 그 후에는 멧돼지가 나타나는 일도 없다. 올봄에는 괴이한 일도 일어나지 않았다. 예전에 멧돼지가 감자 밭을 망쳐 놓았다는 등의 피해가 실제로 있었으므로 그들이 이 근처에 서식하고 있다는 것은 분명하지만, 결국 목격자도 없는 가운데 사건의 범인은 묘연히 종적을 감추었던 것이다.

그 일 이후 나는 어떤 상상을 즐기고 있다.

멧돼지가 퇴비가 묻힌 곳을 정확히 알아내 그곳을 빈틈없이 파헤치는 능력을 갖고 있다면, 겨울에 퇴비를 일정한 폭으로, 예컨대 원이나 삼각형 또는 정사각형 모양으로 뿌려두면 어떻게 될까. 봄이 되어 날이 풀리면, 그때까지 아무것도 없던 드넓은 밭 한가운데에 어느 날 커다란 원이 그려져 있을 것이다…. 이 얼마나 미스터리한 서클인가.

좀 더 광활한 토지가 있어 기다란 직선이나 복잡한 도형을 따라 퇴비를 묻어둘 수 있다면 멧돼지도 나스카[2]의 그림을 그릴 수 있으리라. 그런 후 홀연히 종적을 감춘다면 수수께끼는 영원히 남게 된다.

나는 그런 상상을 하면서 아침 햇살 속에서 멧돼지의 그림과도 닮은 으름덩굴 꽃을 그렸다.

---

2) 페루 남동부의 도시로 7세기경 나스카 문화가 번영했던 곳이다. 특히 사막지대인 나스카 평원에는 엄청난 크기의 벌새, 원숭이, 거미, 개, 나무, 우주인, 펠리컨 등의 그림과 함께 소용돌이, 직선, 삼각형, 사다리꼴 등 수많은 기묘한 곡선과 기하학 무늬 등이 그려져 있어 세계적인 불가사의 중 하나로 여겨지고 있다.

아틀리에 설계

지금의 집을 설계할 때 나는 아틀리에와 서재를 전망이 가장 좋은 2층 서쪽에 만들기를 바랐다. 서재는 남서향이 지만, 남쪽 창은 작게 하여 볕이 잘 들게 하기보다는 차분히 생각할 수 있도록 어느 정도의 어둠을 확보하고 싶었다. 그리고 그 대신에 아틀리에는 서쪽으로 커다란 창을 만들어 눈 아래로 포도밭의 사면과 주위의 잡목림, 그리고 그 뒤로 북알프스[3]의 능선을 배경으로 펼쳐지는 시오다다이라塩田平와 그곳을 흐르는 지쿠마千曲 강이 한눈에 들어오는 근사한 조망을 그 자리에 앉아 즐길 생각이었다.

아틀리에라고 하지만 아직은 취미로 그림을 그리기 시작한 시기에 만든 것이라 전문 화가의 아틀리에와는 다소 취향이 다르다.

화가의 아틀리에에는 북쪽으로 큼직하고 높은 창을 내는 게 좋다고 한다. 북쪽에서 들어오는 빛은 하루 내내 변화가 적어, 그 안정된 빛이 정물이나 인체 모델을 놓고 작업하기에 좋다는 것이다. 남쪽에서 들어오는 빛은 너무 강하고, 서쪽에서 들어오는 저물녘의 해는 그림자가 길고 주변을 온통 벌겋게 물들이는 통에 그림 그리기에 적합하지 않다.

나도 물론 그 사실을 알았지만 내게는 그림 그리기보다는 전망이 더 먼저였다.

게다가 집을 설계한 무렵, 즉 아직 이 집으로 이사 오기 전에는 하루 종일 그림을 그리며 지내는 생활 같은 것은 생각도 할 수 없었고, 이사 온 다음에는 밭일을 시작할 계획이어서 낮 동안에 그림 그

---

3) 히다(飛驒) 산맥을 말한다. 도야마 현(富山県), 기후 현(岐阜県), 나가노 현(長野県)에 걸쳐 있는 산맥이다. 현재는 '북알프스'라고 통칭하는데, 기소(木曾) 산맥·아카이시(赤石) 산맥과 함께 '일본알프스'라고 불린다. 일본알프스라는 이름은 영국인 광산 기사이자 고분 연구의 선구자로 '일본 고고학의 아버지'라 불리는 윌리엄 고우랜드William Gowland가 붙인 것이다.

릴 시간을 낸다는 것은 애초에 불가능할 것으로 생각했다.

그러므로 그림은 자연의 빛 속에서가 아니라 밤에 인공적인 조명 아래서 그릴 생각이었다.

정확히 서향인 창의 맞은편 벽에는 커다란 책상을 붙박이로 제작하여 놓았다. 좌우의 폭은 약 4미터로, 왼쪽 끝에는 수도꼭지가 달린 개수대를 설치하고, 오른쪽 절반의 아래쪽에는 대형 종이를 넣을 수 있는 서랍을 만들었다. 그림을 그리는 책상인 것이다.

책상 왼쪽 끝의 모서리를 끼고 북쪽과 동쪽에 창이 있는데, 처음부터 채광을 목적으로 만든 창이 아니었으므로 크기가 작아 화창한 날에도 빛이 많이 들어오지 않는다. 대신에 책상 위 천장에 배선관을 설치해 마음껏 스포트라이트를 줄 수 있도록 설계했다. 즉, 밤이 되어 그림을 그릴 시간이 생기면 책상 위에 정물을 놓고, 그것이 아름답게 보이는 음영을 인공조명으로 자유롭게 만들어내려고 한 것이다. 그렇게 하면 밤에는 물론이고, 창의 블라인드만 내리면 하루 중 좋아하는 시간대에 항상 똑같은 방향에서 비추는, 시간의 흐름에 따라 변하지 않는 안정된 광선을 얻을 수 있다.

탁월한 아이디어라고 생각했다.

자연광은 늘 일정한 밝기를 유지하는 것이 아니다. 그날의 날씨에 따라 빛의 양이 변하고 시간이 흐르면 방향도 바뀐다. 모델을 보면서 그리는 도중에 점차 음영이 바뀌면 어느 시점의 음영을 그림에 담아야 할지 헤매게 된다. 지금 이때의 빛으로 하자고 정하는 순간, 그 빛은 변해버린다. 그렇다고 변화하는 음영을 따라가며 계속 그림을 고친다면 언제까지고 그림은 완성되지 않을 것이다.

인공조명이라면 그런 점은 문제가 되지 않는다. 바로 위에서 쏟아지는 빛, 오른쪽에서 비추는 빛, 왼쪽에서 비추는 빛, 전체를 밝게 비추는 빛, 비스듬히 은은하게 비추는 렘브란트 조명 등이 모두 자유자재다. 사과 두 개를 놓고 왼쪽 사과에는 앞에서 빛을 비추고 오른쪽 사과에는 옆에서 빛을 비추는 곡예도 식은 죽 먹기다. 그림을 본 누군가가 이렇게 빛이 비치는 일은 있을 수 없다고 지적하면, 실제로 빛이 이렇게 비쳤다고 대답하면 된다. 그림은 자기 좋을 대로 그리면 되는 것이지만, 보이는 대로 그리는 것을 요구하는 그림 선생님이나 보이는 대로 그려지는 것을 바라는 상식에는 그런 식으로 반론한다.

아니, 그런 번드레한 이야기가 아니다. 나야말로 보이는 대로밖에 그릴 수 없으므로, 게다가 재빠른 필치로 순간을 포착하는 기술

없이 시간을 들여 몇 번이고 몇 번이고 헛된 선을 그으면서 최종 선을 찾아가는 멧돼지의 그림이므로, 끊임없이 변화하는 자연광은 멀리하고 그저 보이는 대로 그렸다고 생각하며, 잘못되었다고 해도 스포트라이트의 위치를 탓할 수 있는 인공조명 시스템에 의존하는 것이 득책이라는 계산도 있었던 것이다.

그러나 이 계획은 맥없이 무너지고 말았다.

도쿄에서 가루이자와로 이사했을 때는 시골생활이긴 했지만 생활 시간표는 그전과 그다지 달라지지 않았다.

아침에는 느긋하게 일어나고, 낮에는 테니스를 치며 놀고, 밤이 되면 원고를 쓰기 시작한다. 한 손에 럼이나 보드카 잔을 들고 책상으로 가서, 마시면서 펜을 놀리고, 취기가 돌기 직전에 정해진 원고 매수를 채운다. 그러고 나서 다시 마무리 술잔을 거듭 기울이다 심야가 되어서야 잠자리에 든다. 그것이 매일의 습관이었다.

그러므로 가루이자와에서 좀 더 깊숙한 농촌지역으로 이주하여 밭일을 시작하려고 생각했을 때도 농사를 짓는다는 것이 어떤 것인지 전혀 상상할 수 없었으므로, 가루이자와에서 생활했을 때와 마찬가지로 일은 밤에 하는 것이라고 생각하고 있었다.

그런데 막상 이사를 하고 보니 생활 리듬이 확 달라졌다.

낮 동안에는 밭일을 하고 밤이 되면 책상으로 향한다는 계획은 그야말로 탁상공론이었다. 낮에 밖에서 육체노동을 하고 나면 밤에 일하는 건 엄두도 내지 못한다. 기진맥진하여 식사 때 와인이라도 마시게 되면 그대로 침대에 쓰러져 잠들어버리기 일쑤다. 그 대신 이른 시간에 숙면하니 아침 일찍 눈이 떠지는 것은 자연의 섭리다. 밭일을 시작한 지 얼마 되지 않아 나는 매일 아침 5시에 일어나게 되었다.

하지 무렵이면 새벽 4시, 여름이 끝나갈 무렵에는 6시 전후, 겨울에는 7시까지 자는 것이 그때 이후 지금까지 계속되고 있는 시간표다. 그런데 어쨌든 해가 뜨면 일어나는 것이므로 이사하기 전의 설계에 따라 달아놓은 침실의 두꺼운 차광 커튼은 처음부터 무용지물이었다.

밤에 그림을 그리지 않는다면 인공조명은 필요 없다.

게다가 아침 햇살에는 특별한 힘이 있다. 그때까지는 아침 일찍 일어나는 일이 없었으므로 몰랐는데, 이른 아침 동쪽 하늘에서 해가 떠오르기 시작하고 한참 동안 하늘에 가득한 빛에는 뭐라 말할 수 없는 상쾌함이 있다. 오후의 지친 빛의 알갱이와는 딴 세상 것처럼 다르다.

지금은 인공조명에도 여러 종류가 있다. 자외선을 발하여 나무를 키우는 형광등도 있고, 흰색에서 노란색에 이르는 단계의 미묘한 빛을 섞어 자연광 그대로의 색을 재현할 수도 있다. 전구나 형광등만이 아니라 발광 다이오드를 이용하면 가능성은 좀 더 확대될 것이다. 그러나 어떤 기술로도 그 아침 햇살의 숭엄함은 표현할 수 없으리라.

살아 있는 식물에는 아침 햇살이 필요하다.

하루에 같은 양의 빛을 받는 밭에서도 아침 햇살을 받는 식물의 성장이 더 좋다고 한다. 아침 일찍 채소를 수확하는 것은 아침 채소가 가장 싱싱하기 때문이다. 꽃도 낮이 되어야만 피거나 밤에만 피는 꽃이 있지만, 일반적으로 꽃은 아침에 가장 아름답다.

내가 아침에 그림을 그리는 것은, 그 시간에만 아틀리에의 책상에 앉을 수 있기 때문이 아니라 식물이 가장 싱싱하고 아름다울 때 그리고 싶어서다.

아침 햇살에 몸을 적시며 뜰이나 잡목림에서 그리고 싶은 꽃을 찾아 꺾어서 곧바로 아틀리에로 가져간다. 새 물을 담은 화병에 꽃을 꽂고 한참 동안 '이 얼마나 아름다운 조형이란 말인가' 하고 감탄하며 바라보다가, '그래, 넋을 잃고 바라만 보고 있어서는 안 되지' 하며 서둘러 종이를 펼치고 연필을 든다. 실제로 밭일을 하면서 꽃이나 채소 그림을 그리게 된 후, 식물은 아침 햇살 속에서 그리는 것이 최고라는 것을 나는 몸소 알게 된 것이다.

지금도 책상 위에 배선관이 있고 스포트라이트가 달려 있지만, 그림을 그릴 때는 거의 사용하지 않는다. 더구나 아틀리에는 사방 6미터의 면적이지만 그중에서 그림을 그리는 작업에 사용할 수 있는 공간은 기껏해야 절반 정도다.

설계할 때는 전문 화가의 아틀리에를 동경하여 좀 더 큼직한 공간을 갖고 싶었다.

유명한 화가의 아틀리에 사진을 보면, 체육관 같은 넓은 공간에 천장에까지 닿을 만큼 큼직한 캔버스가 여러 개 세워져 있고 주위에는 여기저기 물감이 흩어져 있다. 그 가운데 서서 제작에 몰두하는 아티스트의 모습이 찍혀 있다.

멋지다. 화가라면 저 정도는 돼야지. 그리다 만 작품, 모델인 조상彫像, 색깔이 선명한 물감 통, 더러워진 것을 닦아낸 천 조각들, 뭔지 정체를 알 수 없는 잡동사니들…. 난잡한 쓰레기투성이의 공간으로밖에 보이지 않는 광경도 아틀리에라고 생각하면 그럴듯해진다. 나도 저런 아틀리에가 있었으면….

물론 그런 생각으로 체육관 같은 공간을 만들 수야 없지만 적어도 천장만은 될수록 높게, 바닥면은 예산이 허락하는 한 넓게, 커다란 작품을 내고 들일 때를 위해 폭을 될수록 넓게 잡은, 아마추어 화가치고는 파격적으로 사치스러운 아틀리에를 설계한 것이다.

그러나 나는 아틀리에를 만든 지 약 3년 만에 프로라고 할까, 어떤 의미에서 직업적으로 그림을 그리게 되었다. 물론 그전에는 말할 것도 없지만, 그렇게 되고 나서도 높은 천장이나 넓은 바닥면이나 폭이 넓은 문의 기능을 유용하게 활용한 적은 한 번도 없다.

내가 그리는 그림은 그리 크지 않기 때문에 천장은 일반적인 주택의 높이면 충분하다. 문을 절반만 열어도 별지장 없이 그림을 가지고 나갈 수 있다. 쓰레기나 잡동사니는 나름대로 쌓여 있지만, 전체의 절반 정도의 공간은 쓸데없이 비어 있다. 최근에는 그곳에 통신판매로 산 트레이닝 기구를 놓아 잘 활용하고 있지만, 그 때문에 아틀리에라기보다 스포츠센터 같은 분위기가 되어버렸다.

그림은 결국 벽 앞의 책상에서만 그린다. 화가의 아틀리에에 이젤이 없으면 폼이 나지 않는다며 키가 큰 이젤도 샀다. 그런데 처음에 유화를 그릴 때 썼을 뿐 지금은 거의 쓰지 않는다. 수채화는 물론이고 유화를 그릴 때도 캔버스를 이젤이 아닌 책상 위에 펼쳐놓고 그리기 때문에, 이젤은 단지 완성한 작품을 일시적으로 감상하는 거치대로만 쓰이고 있다.

벽 앞 책상의 좌우 약 4미터의 폭 중에서 왼쪽의 개수대와 오른쪽의 종이를 보관하는 서랍 사이에 있는 80센티미터 폭의 널빤지가 실제로 내가 그림을 그리는 데 쓰는 공간이다. 책상의 깊이도 80센티이므로 나의 거의 모든 작품은 사방 80센티미터의 공간에서 만들어지는 셈이다.

이상과 실제는 모든 면에서 다른 법이다. 약간은 아쉬운 마음이 들기도 하지만 나에게 커다란 아틀리에는 필요 없는 것이다.

아마추어 화법

연필로 윤곽을 다 그리고 나면 이제 색을 칠한다.

물감의 색은 일반적으로 안료라 불리는 자연계의 다양한 물질, 또는 그것과 비슷한 화학물질로 발현된다. 재나 흙에서 검정색이나 갈색 물감을 만들기도 하고, 노란색이나 파란색처럼 선명한 색의 광물을 깎아내 안료로 쓰거나, 곤충을 짓이겨 빨간색을 만들어내기도 한다. 그 안료를 물에 풀리게 만든 것이 수채화 물감이고, 기름에 녹인 것이 유화물감, 아교를 더한 물로 녹이는 것이 일본화 물감이다.

그러나 물이나 기름 등 각각의 매체(미디어)와 그 사용법에 적합한 안료와 그렇지 않은 것이 있다. 예컨대 일본화에 사용하는 분말 물감을 유화 기름으로 녹이면 색이 사라져버린다. 물감의 입자 사이에 기름이 들어가 빛의 반사각이 변하는 건지 어떤지는 모르지만, 기름과 만나면 선명한 색이 사라져 투명에 가까워지기도 한다.

일본화용 분말 물감은 아교가 마름(수분이 증발함)으로써 고착된다. 아교를 쓰는 것이 성가시다면 목공용 본드로 녹여도 색이 변하지 않고 고착된다.

유화물감은 기름이 마름(산화함)으로써 고착된다. 기름에는 마르는 기름(건성유)과 마르지 않는 기름(비건성유)이 있는데, 올리브기름 같은 식용유는 비건성유다. 그러므로 올리브기름이나 참기름으로 유화를 그리면(기름은 기름이므로 유화물감을 녹일 수는 있다) 언제까지고 끈적끈적하여 어떻게 해볼 도리가 없게 된다. 언젠가 올리브를 올리브기름으로 그려보려고 한 적이 있는데, 두 번 다시 하고 싶지 않다.

수채화 물감은 안료에 아라비아고무를 섞은 것이다. 아라비아고무라고 하면 자못 내력이 있는 것처럼 들리지만, 요컨대 우리가 평소 쓰는 접착용 풀을 말한다. 수채화 물감의 안료는 이 풀로 지면에 고착된다.

나는 뭐든지 실제로 확인해보지 않으면 성에 차지 않는 성격이라서 여러 가지 것들을 시도해보았다. 그 결과, 자연스럽게 내 나름대로 그리는 방법이 만들어졌다.

수채화 교본을 보면 색은 팔레트에서 섞으면 탁해지기 때문에 엷게 몇 번이고 덧칠하면서 색을 내라든가, 붓은 몇 개쯤 준비하여 색에 따라 나눠 쓰라든가, 물은 더러워지면 깨끗한 물로 바꾸라고 쓰여 있다.

확실히 그러는 편이 낫다는 것은 틀림없겠지만, 나는 원래 성마른 사람이라서 파란색과 노란색을 따로 덧칠하여 초록색을 만드는 것은 답답해서 못 한다. 그러므로 처음부터 좋아하는 초록색이 만들어질 때까지 팔레트에서 섞는다.

그때 팔레트 귀퉁이에 말라 들러붙어 있는 물감도 함께 섞어 일부러 탁한 색을 만들기도 한다. 그렇게 하면 차분하고 좀 색다른, 보통 물감으로는 낼 수 없는 색이 만들어진다.

붓은 색에 따라 나눠 쓰는 것이 좋다고 한다.

그러나 나는 성마른 데다 몹시 귀찮아하는 성격이라서 거의 모든 그림을 처음부터 끝까지 붓 하나로 그린다. 큰 면적을 칠할 때는 두꺼운 붓을 쓰고 세밀한 부분을 그릴 때나 가는 선을 그을 때는 가는 붓을 쓰는 것은 당연하겠지만, 특별히 두꺼운 붓과 가는 붓을 나눠 쓸 필요가 없을 때는 중간 정도의 두께이거나 너무 가늘다고 생각될 것 같은 두께의 붓 하나로만 물감을 묻혀 뭔가를 살짝 그리고, 곧바로 컵에 든 물로 씻고 다시 새로운 물감을 묻혀 뭔가를 그리고 또 씻고 다시 물감을 묻히고… 붓 끝의 털이 빠져 가는 선을 그릴 수 없게 될 때까지 같은 붓을 사용한다.

처음에는 세이블(sable, 담비)이나 콜린스키(kolinsky, 족제비) 등 고가의 천연소재를 사용한 붓을 산 적도 있지만, 지금은 화학섬유로 만든 값싼 제품을 쓰고 있다. 붓 한 자루로 한 장의 그림을 그릴 수 있다면 좀 더 좋은 붓을 사용해도 될 텐데, 라고 할 수도 있겠지만, 지금까지의 경험으로 보면 붓의 가격과 작품의 질은 특별히 상관 관계가 없는 것 같다.

물은 책상 옆에 있는 개수대의 수도꼭지에서 받을 수 있다. 수채화용 붓을 씻는 용기는 개수대에 놓아두는데, 그것은 꺾어 온 꽃을 일시적으로 꽂아두기 위해 사용할 뿐이고, 붓을 씻을 때는 일반적인 유리컵을 애용하고 있다. 그것도 낡았고 여기저기에 물감 얼룩이 묻어 있다.

다만 물을 다룰 때는 세심하게 주의해야 한다. 그리고 있는 그림에 물을 쏟기라도 하면 끝장이기 때문이다.

유화라면 물에 젖어도 아무렇지 않고, 화면이 더럽혀졌을 때는 중성세제를 묻힌 천으로 닦으면 된다. 그러나 수채화는 물감의 풀을 물로 녹여 종이에 붙여놓은 것이므로, 애써 붙여 놓은 데에 다시 물을 뿌리면 물감이 떠서 번져버린다. 말라 있어도 니스 같은 것으로 피막을 입혀 보호하지 않는 한 물을 끼얹으면 다시 원래의 상태로 돌아간다.

그러나 수채화 물감의 고착 상태가 그 정도로 불안정한가 하면 또 그렇지도 않다. 물에 녹은 물감을 잠깐이라도 종이 위에 놓으면 눈 깜짝할 사이에 종이에 스며들어 착색되고, 한번 착색되면 아무리 닦아내려고 해도 색이 빠지지 않는다.

즉, 한 번 그리면 지울 수 없지만, 말라 있다고 해도 결코 고정된 것은 아니다. 이것이 수채화의 성가신 점이다.

이 고착 상태는 시간이 지남에 따라 변한다.

그린 지 며칠쯤 지나 다 마른 그림의 경우, 살짝 물방울이 묻은 정도는 곧장 닦아내면 흔적이 남지 않을 수도 있다. 하지만 그래도 서둘러 닦아내려고 화면을 문지르면 색이 번져 퍼지고, 내버려두면 물방울 흔적이 남는다. 물감이 칠해진 부분에 흔적이 남아도 복구는 가능하지만, 주위의 흰 종이에 색이 묻어버리면 없애기 힘들다. 일단 그린 후에는 지울 수 없다. 그릴 생각이 없어도 하얀 종이에 색이 묻어버렸다면 되돌릴 수가 없다.

이것은 상당한 압박이다. 그런 점에서 보면, 유화는 칠한 물감을 나이프로 긁어낼 수도 있고 그 위에 다른 물감을 덧칠하여 다시 그릴 수도 있기 때문에 훨씬 마음이 편하다.

그러므로 수채화를 그릴 때는 색을 칠하는 단계에서 유난히 긴장한다. 실패하지 않도록, 물을 흘리지 않도록 말이다.

특히 시간을 들여 신중하게 연필로 밑그림을 그리고, 그 단계까지 상당한 시간과 에너지를 쓴 경우에는 처음으로 색을 칠할 때 약간의 용기를 내야 한다. 그야말로 엷은 색부터 아주 조심스럽게, 실패해도 눈에 띄지 않도록 끝 쪽에서부터 신중하게 색을 칠해나가기 시작한다. 수채화는 정말 소심한 사람에게 어울리는 매체라고 생각한다.

실패를 두려워하면서도 실패를 반복하는 나는, 잘못된 색을 칠해버렸을 때나 부주의하게 물감으로 종이를 더럽혔을 때를 대비해

수채화용 블록형 스케치북은 다 그린 그림이 완전히 마르고 나서, 풀이 묻어 있지 않은 측면에 나이프를 끼워 넣어 한 장씩 떼어낸다. 예리한 날이면 종이가 베어지기 때문에 나는 팔레트 나이프를 사용하고 있는데, 보통의 식사용 나이프를 쓸 수도 있다. 나이프를 밑으로 밀어 넣으면서 떼어내는 종이에 칼날이 닿지 않도록 잘 떼어내면 된다. 연필은 미쓰비시유니 심과 홀더를 사용한다. 연필의 진한 정도는 2H를 중심으로 3H에서 때로는 F까지도 사용한다. 사인할 때는 F 또는 HB를 쓴다. 종이의 질에 따라 농도가 다르게 나오고, 규격화되어 있을 텐데도 같은 HB라도 제조회사에 따라 다소 농도가 다르다. 미쓰비시에 익숙해진 탓인지 스테이들러의 제품은 이상하게 딱딱하고 엷은 느낌이 든다.

종이 위에 놓여 있는 파란 것은 연필심을 깎는 전동 깎기(스테이들러사 제품)인데, 지금은 품절인지 새것으로 하나 더 갖고 싶은데 아무리 찾아도 구할 수가 없다. 연필심을 제조하는 회사도 조그마한 수동 완구 같은 연필심 깎기만 생산하니 도쿄, 파리, 런던의 문방구를 아무리 찾아다녀도 전동 연필심 깎기는 보이지 않았다. 중고라도 좋으니 나에게 넘겨줄 사람이 있으면 좋겠다.

연필로 그리는 밑그림

고등학교 1학년 때 안경을 쓴 이래 나는
근시의 인생을 보내고 있다. 40대 중반부
터 징후가 있었는데, 지금은 완전한 노안
이다. 보통은 근시용 안경을 쓰고, 책상이
나 컴퓨터 앞에 앉을 때는 가까운 곳이 잘
보이도록 이른바 노안경을 쓴다. 하지만
그림을 그릴 때는 눈을 종이나 모델 가까
이에 대고 보기 때문에 노안경도 벗고 맨
눈으로 그린다. 그대로 몰두한 채 그림을
그리다 보면 무의식중에 어딘가에 뒀던
안경을 찾느라 나중에 고생한다.

연필로 그리는 밑그림은 우선 느릿느릿
약한 힘으로 선을 긋고, 대체적인 선이 정
해지면 불필요한 선을 지우개로 지우고
남은 선을 다시 힘을 주어 그린다. 단순한
작업이지만 이 밑그림의 좋고 나쁨에 따
라 작품의 질이 좌우된다.

전동 지우개를 사용하는 법

전동 지우개는 양파 등의 가느다란 수염뿌리를 그릴 때도
사용한다(지우면서 선을 긋고, 마지막에 다시 연필로 선을 보
정한다). 면봉은 손가락으로 문지를 수 없는 좁은 면의 연필
흔적을 바림할 때 쓴다.

오른쪽에는 물감을 갠 팔레트와 유리컵의 물, 그리고 예비용 붓이나 물감 등을 놓는다. 개수대는 왼쪽에 있다. 한창 〈클레마티스와 그리스 꽃병〉을 그리는 중이다. 물감은 고형 물감과 튜브에 들어 있는 것을 구별 없이 사용한다.

외국을 여행할 때는 휴대용 수채화 도구를 가져가기도 한다. 종이는 그림엽서 크기의 수채화용 블록형 스케치북을 사용한다.

그림은 어디서부터 그리고 어디서 끝내도(자신이 완성했다고 판단해도) 상관없다.
채색이 끝나면 화면 크기를 확정하고 사인을 넣어 완성한다.

잎을 그리는 방법

잎은 우선 잎맥만을 하얗게 남겨두고 칠하고, 필요하다면 티슈로 가볍게 두드려 미묘한 느낌을 살린다. 그런 다음 그림자 부분에는 짙은 색을 칠하고, 햇빛이 닿는 부분은 젖은 면봉으로 물감을 닦아내 입체감을 살린다. 실제 잎사귀에는 굉장히 미세한 굴곡이 있는데, 그 굴곡을 전부 극명하게 그리면 오돌토돌한 느낌이 불쾌감을 주기도 하므로 적당히 생략한다.

〈오디〉 26.5×39.5(2001)

〈익어가는 피노〉 20.5×22.0(2000)

티슈를 사용하는 방법

물감을 칠하고 말린 면을 물 먹인 붓으로 닦듯이 쓸어
준 다음, 바로 그곳에 티슈를 대면 종이의 하얀색이
살아난다. 하얀색이 살아나는 정도는 시간의 경과에
따라 다르지만, 이를 이용하여 적당한 흰색을 얻을 수
있다. 물 먹인 붓으로 쓸어주는 것만으로도 하얘지는
효과를 얻을 수 있지만, 천, 면봉, 티슈 등의 도구에
따라서도 그 정도가 다르기 때문에 그때그때 필요한
도구를 고르면 된다.

포도알의 빛나는 부분은 하얗게 빼놓고 칠하고, 말리
고 나서 윤곽을 바림한다.

그림을 그리기 시작한 무렵에는 재미있어서도 여러 가지 그림 재료를 시도해봤으나, 요즘에는 간단한 투명 수채화를 그리는 일이 많아졌다. 그러나 그때도 수성 일본화 물감(불투명 수채화 물감)을 섞거나 부분적으로 호분胡粉[4] 금가루, 은가루 등을 썼기 때문에 판화 제작자나 작품을 촬영하는 사진가들에게 내 그림은 원화의 색을 재현하기가 어렵다는 말을 자주 들었다.

항상 티슈를 준비해둔다.

수채화 물감의 고착 상태는 시간이 지나면서 달라진다고 했는데, 물을 머금은 붓끝에 묻은 물감이 종이 표면에 닿은 직후라면 위에서 티슈를 대면 거의 완전하게 흔적을 없애는 것도 가능하다. 그러나 한순간이라도 머뭇거려 타이밍을 놓치면 그 잠깐 사이에 안료가 종이에 스며들어 티슈를 대도 다소 엷어질 뿐 색은 남는다.

그러므로 티슈는 왼손을 뻗치면 바로 닿는 데에 놓아둔다. 만약 실수로 물감이 종이에 튄다면 간발의 차도 없이 재빨리 집을 수 있도록.

티슈는 물감을 너무 진하게 칠했다 싶을 때도 위에서 가볍게 대어 여분의 물감을 흡수하는 데 유용한 도구다. 식물의 잎사귀를 그릴 때 색을 칠한 후 그 위를 둥글게 뭉친 티슈로 톡톡 가볍게 두드리면, 주름 모양에 농염이 생겨 진짜 잎사귀 같은 분위기가 나기도 한다.

그림을 그리고 있으면 어느새 몰두하게 되어 정신을 차리고 보면 두세 시간쯤 지나 있는 경우가 자주 있는데, 그

---

4) 조가비를 태워서 만든 백색 안료.

러고 나면 세밀한 작업이라 꽤 피곤해진다. 나는 근시에 노안이므로 그림을 그릴 때는 안경을 벗고 그린다.

모델이 되는 꽃은 왼쪽에 둔 컵이나 꽃병, 붓 씻는 용기에 몇 개 꽂아두고 그중에서 적당한 것을 골라 그린다. 그리는 도중에 꽃의 각도가 바뀌면 안 되기 때문에 컵에 꽂아둔 채 줄기 근처를 왼손으로 잡은 채 그리기도 하고, 컵에서 꺼내 손끝으로 집어 눈 가까이에 대고 자세히 보면서 그리기도 한다.

꽃에 따라 다르지만, 조형이 복잡한 것은 가까이에서 봐야만 구조를 알 수 있다. 꽃잎이 몇 개인지, 수술은 몇 개인지. 줄기와 꽃의 인접 부분이나 꽃받침의 형태 등 아무리 집중하여 관찰해도 확실히 알 수 없는 것이 있을 정도다.

미세한 부분을 가만히 바라보고 나서 시선을 종이 위로 옮겨 방금 본 형태 그대로 그리고, 다시 시선을 꽃의 세부로 돌려 관찰하고 또 눈을 종이 가까이에 대고 그린다. 이러한 작업을 반복하고 있으면, 그림을 끝내고 눈을 들었을 때 한순간 주위의 광경에 초점이 맞지 않아 눈이 빙빙 도는 듯한 착각에 빠지기도 한다.

그럴 때는 잠시 눈을 감고 눈두덩을 손가락으로 누른 후 천천히 눈을 떠 바깥 경치를 바라본다. 여름의 숲이든 겨울의 눈이든, 자연이 눈의 피로를 풀어준다.

그런데 밑그림의 연필 선을 따라 색을 칠해가는 작업은, 공정이 진행되어 점차 그림이 완성되어가면서 새로운 긴장감을 낳는다. 색을 칠하는 작업 자체는 그것을 반복하는 사이에 색의 조합도 안정되고 붓질에도 리듬이 생겨나므로 그렇게 걱정할 것이 없다. 하지만 이번에는 순조롭게 완성할 수 있을 것 같은 그림을 조그만 실수로 더럽혀서는 안 된다는 또 다른 긴장감이 생겨난다. 물론 무심코 색이 든 물을 쏟는 사고는 언제 일어나든 곤란한 일이지만, 특히 화면이 거의 완성되어가는 시점에서는 그때까지의 노력이 말 그대로 한순간에 수포로 돌아갈지도 모른다는 생각에 모든 행동이 훨씬 신중해진다.

그래서 붓을 씻는 유리컵은 오른쪽 안쪽에 멀리 둔다.

멀리 두면 컵이 쓰러져 물이 쏟아진다 해도 피해는 적다. 하지만 그림을 다 그릴 때까지 붓을 들고 컵과 종이 사이를 몇 번이고 왕복해야 하기 때문에 그저 멀리 두는 게 능사는 아니다. 그러므로 컵을 멀지도 가깝지도 않은 곳에 두고, 그 중간에 필통이나 천으로 방어벽을 만들어 물이 엎질러져도 종이에까지 닿지 않도록 궁리한다.

컵에 담긴 물은 아무리 신경 쓰지 않는다고 해도 어느

정도 더러워지면 갈아준다. 내 책상에는 개수대가 왼쪽에 있으므로 오른쪽에 놓여 있는 컵을 개수대 쪽으로 옮기기 위해서는 그리고 있는 그림 위를 통과해야만 한다. 개수대와 종이를 보관하는 서랍의 위치를 반대로 만들었다면 좋았을 텐데, 이제 후회해도 소용없는 일이다. 그럴 때는 그림 바로 위를 피해서 아래쪽이나 위쪽으로 크게 우회하여 컵을 옮긴다.

그림을 그리다가 차나 커피를 마시고 싶을 때가 있다. 와인을 마시고 싶을 때도 있지만 높이가 있는 와인글라스는 너무 위험하다. 차를 마실 때도 원칙적으로 책상 위, 즉 그림을 그리는 종이가 놓여 있는 평면에는 놓지 않고 책상 앞쪽에 조금 낮은 받침대를 준비하여 그곳에 놓는다. 그러나 그림을 그리는 데 열중하게 되면 무의식중에 책상 위에 놓인 컵에 손이 가는 일이 자주 있다. 물감이 섞인 물을 차로 착각하여 마시는 것이다. 유화물감 중에는 독성을 가진 금속안료 등이 섞여 있지만 어린이도 사용하는 수채화 물감에는 독이 있는 안료는 포함되어 있지 않다. 그러므로 물감이 섞인 물을 마셔도 몸에는 해롭지 않지만 맛은 끔찍하다.

그림을 그리고 있으면 정말 몰두하게 된다.

무심코 붓을 씻은 물을 마실 뿐만 아니라, 빨리 그리고 싶은 마음에 손을 뻗어 컵에 붓을 가져갈 시간조차 아까워서 물감이 묻은 붓

을 그대로 입으로 가져가 빠는 경우도 있다. 입으로 빤 붓
에 다시 팔레트의 물감을 묻히는 것이다. 입으로 빨지 않고
입고 있는 셔츠에 닦는 경우도 있으므로, 비록 아마추어 화
가이긴 해도 옷만은 프로처럼 물감으로 더럽혀진다.

제2장
마흔 살의 배움

그림을 그리기 시작한 무렵

만으로 마흔하나, 세는 나이로 마흔둘을 맞이한 액년에
나는 피를 토했다.

전날 밤은 철야나 다름없이 일을 하고, 그날도 아침부
터 책상에 앉아 있었다. 정오가 조금 못 된 시간이었는데,
원고를 계속 쓰다가 식전에 한 잔만 할까 하고 어젯밤에
마시다 남은 와인을 입에 머금었다. 순간 복부에 이상하
게 불쾌한 느낌이 엄습하더니 그대로 많은 양의 피를 토하

고 말았다. 2.5리터. 온몸에 돌고 있는 혈액의 절반 가량을 한꺼번에 토하고 구급차에 실려 병원으로 옮겨졌다.

피를 토한 원인이 분명하지 않아 각 부위의 검사를 하는 중에도 하혈을 거듭하여 몇 번이고 수혈을 받았다. 그러나 궤양도 천공穿孔도 발견되지 않았고 다행히 빈혈증상이 서서히 가벼워져 퇴원을 했지만, 그 직후에 수혈로 인한 간염 증세가 확인되어 다시 병원으로 되돌아갔다. 그러고 나서 약 2년에 걸친 투병생활이 이어졌다.

수혈에 의한 간염은, 그 후 C형간염 바이러스를 검사하는 약이 개발되어 요즘에는 미연에 방지할 수 있는 병이다. 하지만 당시에는 아직 C형 바이러스라고 확인할 수 없어 '비A비B형의 혈청간염'이라 불렸는데, 수혈을 받으면 열 명 중 한 명은 걸리는 병으로 알려져 있었다. 물론 그 위험을 알고 수혈을 받은 것인데, 많은 사람들로부터 몇 팩이나 되는 혈액을 받는 일이니만큼 감염 위험이 높아지는 것도 당연하다. 입원 후에도 하혈을 거듭하여 한때는 빈혈증상이 위험한 상태까지 갔으므로 모두 합하면 5리터 이상, 즉 모든 혈액을 갈 만큼의 수혈을 받았다. 간염에 걸리지 않는 게 이상할 정도였던 셈이다.

간염이라는 병은 특별히 어디가 아프다거나 괴로운 병이 아니다. 하지만 급성 증상이 지나간 뒤에도 몸이 몹시 나른하게 느껴지고 피곤이 풀리지 않는다. 특히 조금이라도 움직인 뒤에는 복부를 얻어맞은 것 같은 타격을 입기 때문에 운동은 물론이고 장시간 일을 하는 것도 어렵다.

심한 황달증상 등이 나타나는 급성 시기를 병원에서 보낸 후 나는 가루이자와의 집으로 돌아와 요양에 들어갔다. 6개월이 지나고 1년이 지나도 증상은 일진일퇴를 거듭할 뿐 전혀 차도를 보이지 않았다.

언제까지 계속될지 알 수 없는 병이라서 어쨌든 이 상태를 받아들이고 시간을 잘 보내는 방법을 생각하지 않으면 안 되었다. 그때까지 매일처럼 해왔던 테니스를 더 이상 할 수 없었고, 술은 한 방울도 마실 수 없었다. 오로지 누워서 쉬기만 하는 나날을 보내면서 체력을 쓰지 않고도 할 수 있는 심심풀이가 없을까 궁리했다.

그때 내가 살고 있던 가루이자와의 별장지 근처에서 도예를 하는 친구에게 도예를 배우는 것도 좋지 않을까 하는 마음으로 친구를 찾아갔다.

그런데 잘 알고 있는 친구고, 내가 아는 한 꽤 설렁설렁한 사람이라고 생각한 그 친구가 흙을 앞에 두고는 갑자기 태도가 돌변했다. 도예는 흙 반죽만 3년이고, 취미로 시작한다고 해도 우선 반죽은 제대로 할 수 있어야 한다며 큼직한 흙덩이를 내 앞에 놓고 명령하는 것이었다.

말하는 대로 해보기는 했지만, 무거운 흙덩이를 누르고 쳐들고 내리치는 동작이 매우 격렬했다. 그 동작을 거듭하며 표면에 국화꽃잎 같은 미세한 모양이 나타날 때까지 단단히 반죽하는 작업은 상반신만 움직여도 운동량이 상당했다. 간이 나쁜 나는 반죽을 시작한 지 2분도 안 되어 가슴이 몹시 뛰고 녹초가 되었으므로, 그 시점에서 주저하지 않고 도예를 포기했다.

바둑을 하라는 의사가 있었고, 장기가 좋다는 의사도 있었다. 그러나 테니스와 술 이외에 이렇다 할 취미가 없는 나는 어떤 권유에도 마음이 내키지가 않았다.

이런저런 생각을 했으나 좋은 안은 떠오르지 않고 심심풀이 방법을 생각하는 일로 심심풀이를 하고 있던 어느 날, 무슨 계기로 그런 생각이 났는지는 잊어버렸지만 문득, 고등학교에 다닐 때까지 그림을 그렸던 것에 생각이 미쳤다.

나는 어렸을 때부터 이른바 그림을 그리는 아이였고, 중고등학교에 다닐 때도 미술부에 들어가 매일 그림을 그렸다. 미대에 진학하지는 않았지만 미술대회에서 상을 받거나 쉬는 시간에 칠판에 선생님의 캐리커처를 그려 급우들의 갈채를 받는 등 나름대로 그림 그리는 재주가 있었다.

그 이후 25년이나 붓을 잡지 않았으므로 자신은 없었지만, 도예만큼 몸을 쓰는 것도 아니고 또 예전에 친숙했던 취미라면 감각을 되찾는 것도 빠를 것이었다.

그렇게 생각하고 진찰을 받으러 도쿄에 간 김에 시부야의 화방에 들러 유화 도구를 사 왔다.

옛날에 썼던 이젤이나 물감 상자는 진즉 어딘가로 가버렸고, 그림 도구는 아무것도 남아 있지 않았다. 붓도 물감도 캔버스도 팔레트도 모두 새로 사야 했다. 붓을 씻는 용기, 유화물감 녹이는 기름, 세정액 등 유화를 그리는 데 필요한 것들을 하나하나 떠올리며 나는 화방 안을 정겨운 마음으로 돌아다녔다.

얼추 사야 할 것을 들고 계산대 앞에 서자 옆 선반에 꽂힌 몇 권의 책이 눈에 들어왔다. 《유화 입문》, 《유화 그리는 법》, 《초심자의 유화》…, 이런 것도 필요하겠지 싶어 순간적으로 손을 뻗었다가 곧바로 뒤로 뺐다. 계산대에 있는 여성에게 바보로 보이지나 않았을까?

혼자 깜짝 놀라고 쓴웃음을 지었다. 대체 무슨 생각을 하는 건가. 초심자가 아니라는 말이라도 하고 싶은 건가.

여기서 허세를 부려봤자 아무 소용이 없지 않은가. 그런 생각을 하며 정신을 차리고는 그중 한 권을 꺼내 책장을 홀홀 넘겨보았다. 연필로 데생을 하고 그것을 정착액fixatif으로 정착시킨 다음 테라핀유로 엷게 녹인 물감으로 밑칠을 하고, 그러고 나서 포피유Poppy oil나 린시드유Linseed oil를 사용해 점차 두껍게 물감을 칠해간다…. 나는 대략적인 순서를 확인하고 나서, '으음, 초보자는 이런 책을 읽는구나.' 하는 표정으로 책을 제자리에 놓았다.

계산대에서 계산을 해보니 생각했던 것보다 훨씬 많은 금액이었다.

각각의 가격표를 보고 샀는데 뭐가 그렇게 비쌌던 것일까. 아무렇지 않게 계산대의 여성에게 확인하자,

"이 붓이…."

하고 봉지 안에 있는 붓 하나를 보여주었다. 들여다보니 검게 칠해진 가는 나무 손잡이 부분에 가격표가 스카치테이프로 붙어 있었다. 거기에는 무려 20,000엔이라고, 0이 네 개나 붙은 숫자가 적혀 있었다. 다른 붓은 고작해야 600엔에서 1,500엔인데 그 하나만 20,000엔이라니.

'손님, 이거 잘못 고르신 거 아닌가요?'

하고 말해주었으면 싶었지만, 점원으로서도 그렇게 말하기는

힘들 것이다. 붓의 가격도 모르는 어리석은 초심자. 그렇게 지적하는 것도, 그런 지적을 받는 것도 서로에게 불편하여 나는 그저, "아아, 그거요." 하고 짐짓 알고 있었다는 듯한 얼굴로 그 금액을 다 지불했다.

그림 재료 한 벌을 안고 가루이자와의 집으로 돌아온 나는 그날부터 유화를 그리기 시작했다.

모델로 고른 오렌지와 오렌지 마멀레이드가 든 유리병, 하얀 접시, 은 나이프들을 책상 위에 자못 정물화풍으로 늘어놓았다. 고등학교 때 연습으로 그려야 했던 구도다. 사 온 캔버스는 F6호(약 32×41센티미터)의 작은 화면이다. 습작으로는 적당한 크기일 것이다.

그날 밤은 모델을 보면서 스케치북에 연필로 간단한 데생을 했다. 접시 위 나이프의 방향이나 오렌지와 병의 위치 등을 가늠하며 종이 위에 자리를 정해간다. 꽤 괜찮은 느낌이었다. 고등학교 때까지는 그래도 본격적으로 그림을 그렸으니, 감각이 조금은 남아 있는 것이리라.

다음 날은 아침부터 캔버스 앞으로 갔다. 그 무렵에는 아틀리에 같은 게 없었으므로 식탁 위에 모델을 죽 올려놓은 후, 새로 사 온 소형 이젤에 캔버스를 세워놓고 그리기 시작했다.

스케치북의 밑그림을 하얀 캔버스 위에 연필로 옮긴다. 그것을 정착액으로 정착시킨다. 유화의 경우, 어차피 연필 선은 물감 밑으로 숨어 보이지 않기 때문에 선이 여럿이어도 상관없다. 둥근 곳은 몇 번이고 선을 그려 대체적인 위치만 정하면 되는 것이다. 그러고 나서 엷게 녹인 물감을 칠해간다. 방과 후 미술실에서 시간을 잊은 채 그림을 그리던 고등학교 시절이 떠올라 기분이 좋았다.

색의 균형을 생각하면서 물감을 전체에 엷게 바르고 나서 조금 마르기를 기다렸다가 이번에는 그 위에 짙은 색 물감을 칠해간다. 연필로 그린 밑그림은 점차 사라진다. 그와 동시에 오렌지, 병, 접시, 나이프가 확실한 모양으로 화면 위에서 자신의 존재를 주장하기 시작한다.

그때부터 어쩐지 분위기가 의심스러워지기 시작한다. 생각대로 안 되었던 것이다.

마멀레이드가 들어 있는 유리병 뚜껑이 좀처럼 잘 그려지지 않았다. 원형 뚜껑을 위에서 비스듬히 내려다보는 각도니까 화면에는 보이는 그대로인 타원형으로 그려야 하는데, 이 타원형이 미묘했다. 병뚜껑 테두리에 단단히 조이는 철사가 감겨 있고, 밀착용 고무 밴드까지 끼워져 있다. 그런 구조로 인해 유리를 통해 몇 겹으로 일그러진 원형이 겹쳐 보이는 것이 애초에 성가셨는데, 경사가 있는 일정한 각도에서 보니 타원형을 그리기가 더 어려웠던 것이다. 너무 가늘고 길어지거나 너무 둥글게 되는 등, 요컨대 옆에서 봤을 때의 시점과 위에서 봤을 때의 시점이 혼재하여 참으로 불안정한 형태로 그려지고 말았다.

원형이 하나라면 그런 대로 괜찮겠지만 빵을 올려놓은 접시도 타원이다. 그러므로 이것도 비스듬히 봤을 때의 타원형으로 그려야만 한다. 그런데 병뚜껑의 타원형과 빵 접시의 타원형이 아무래도 같은 시점에서 본 형태로 그려지지 않았던 것이다. 몇 번이나 양쪽을 다시 그리면서 나는 차츰 초조해지기 시작했다. 이럴 리가 없는데.

점심은 그림과 모델을 서로 비교해보면서 먹었다. 모델이 식탁 위에 놓여 있어 어쩔 수 없다. 모델의 위치를 움직이면 처음부터 다시 시작해야 한다.

오후에도 내내 그림을 그렸다. 저녁 식사도 그림을 바라보며 먹었다. 밤이 되어서도 텔레비전도 보지 않고 계속 그렸다.

"당신, 적당히 좀 하는 게 어때요."

아내가 어이없어했다.

"이제 자는 게 좋아요."

타원형은 여전히 뒤죽박죽 상태였지만, 슬슬 날이 바뀌려는 시간이어서 목욕이나 하고 자기로 했다.

목욕탕에서 나와 파자마를 걸치고 보니 소매 밖으로 나온 손과 손가락을 포함하여 팔꿈치까지 빨간, 노란, 하얀, 검은색 물감이 눌어붙어 있었다. 유화물감은 살짝 문지르는 정도로는 지워지지 않는다.

나는 그리다 만 그림을 침실 벽에 세워두고 침대에 누워서도 가만히 응시했는데, 어느새 잠에 빠져들고 말았다.

6호짜리 그림 한 장을 그리는 데 이렇게 많은 시간이 걸릴 줄은 몰랐다. 그런데 웬걸, 그로부터 한 달 동안이나 나는 이 그림과 사투를 벌였다.

그림 그리는 붓을 움직이는 것도 일종의 운동신경임이 틀림없다. 매일 사용하면 발달하고 사용하지 않으면 퇴화한다. 그러나 25년의 공백이 이 정도일 줄은 몰랐다. 옛날에는 잘 그렸다는 생각이 있어서인지 더욱 초조하고 괴로웠다. 이렇게 서툰 선밖에 그릴 수 없는 내게 화가 났다. '거 참, 이상하네. 왜 이렇게 못 그리는 거지.'

유화여서 얼마든지 덧칠할 수가 있다. 이게 문제다. 아무리 발버둥을 쳐도 여기서 끝이라는 구분이 없어 언제까지고 끝날 줄을 모른다.

칠하고 긁어내고, 긁어내고 칠하고… 그러는 사이에 점점 병과 접시의 위치가 어긋났다.

처음 위치에서 조금씩 밑으로 내려가더니 급기야 접시 가장자리가 화면에서 빠져나갈 것같이 되어버렸다.

나는 나무틀에 꽂혀 있는 못을 뽑아 캔버스의 천을 벗기고 위치를 바꿔 다시 고정했다. 그림을 고치지 않고 캔버스 천의 위치를 바꾸는 화가도 드물 거라고 생각하지만 어쩔 도리가 없었다. 가까스로 형태가 갖추어졌는데 그것을 지우고 새로운 자리에 다시 그리기에는 위험성이 너무 컸던 것이다.

그러는 한 달 동안 아내의 태도는 점차 변해갔다.

처음에는 너무 열중한 모습에 질려했지만, 하는 일 없이 빈둥거리는 것보다는 낫다고 생각했으리라. 식사할 때 바로 옆에 그림을 놓아두는 것만은 하지 말라고 했을 뿐, 그 외에는 대체로 관대했다.

식탁 위는 물론이고, 침실이든 거실이든, 어쨌든 하루

종일 이리저리 그림을 들고 다니다 보니 집 안 전체에 유화 냄새가 가득했다. 게다가 벽, 기둥, 문 등 모든 곳에 물감이 묻었다. 하얀 벽지 같은 곳은 아무리 닦아도 지워지지 않았다. 그런데 그렇게 몰두하여 그리고 있음에도 불구하고 나의 그림은 무척 서툰 상태였다. 아내도 위험을 느끼기 시작했던 모양이다. 만약 이대로 온 집 안에 언제까지고 기름 냄새가 진동하고 멕시코의 집처럼 컬러풀해지고, 게다가 서툰 솜씨의 그림이 점점 늘어난다면 어쩔 것인가.

"여보, 몸에 해로워요. 제대로 잠도 자지 않고."

분명히 그랬다. 수면시간은 상당히 줄어들었다. 자나 깨나 그림만 붙들고 있는 상태였던 것이다. 그럭저럭 한 달 가까이 지났다. 물론 아직 만족스럽지는 않았지만, 고등학교에 들어가 처음으로 유화를 배웠던 당시의 수준 정도는 되어 보이는 초심자의 습작 같은 것이 드디어 형태를 잡아가고 있었다. 처음에는 어떻게든 애를 먹이는 이 취미를 그만두게 하려고 생각했음이 분명한 아내도 점차 진지해지기 시작했다.

"여보, 정말 몸에 안 좋다니까요."

거울을 보면 눈이 움푹 들어가 있었다. 안색도 거무칙칙해 보였다. 유화물감이 묻어 까매진 것이 아니었다. 병원에 다녀온 지도 벌써 한 달이 지났는데, 간 수치는 어떻게 되었을까.

그때까지는 GOT나 GPT라는 간 기능을 나타내는 수치를 2주일에 한 번 정도의 간격으로 검사했다. 수치는 오르락내리락했다. 정상적인 수치는 두 자릿수 전반이지만, 간염 바이러스가 있으면 100이나 200, 때로는 그 이상이 되기도 한다. 급성일 때가 높고 만성이 되면 조금 내려가는데, 내려간다고 해서 그대로 안정되는 것은 아니다. 몸을 움직이거나 피곤할 때 수치가 올라간다고 하지만, 실제로는 아무것도 하지 않아도 올라갈 때가 있고 녹초가 되어 컨디션이 안 좋은데도 의외로 수치가 나빠지지 않기도 한다. 수치가 높은 것은 간에 염증이 생겼다는 증거다. 그러므로 될수록 몸을 쉬게 하고 식후에는 누워 있고 칼로리가 낮은 양질의 단백질을 섭취하는 등 절제하며 시간을 보내야 한다. 그런데 절제한다고 꼭 효과가 있는 것이 아니므로 짜증이 난다. 오늘은 기분이 좋으니까 수치도 아마 좋을 거라고 생각하고 병원에 가보면 전보다 나빠져 있는 일도 가끔 있다. 활동하고 싶을 때 활동하는 바이러스의 마음대로 수치가 움직이는 것이다. 그러면 걱정이 되어, 대체 언제쯤 정상 수치까지 내려갈까만 생각하게 되는데, 그 스트레스로 또다시 상태가 나빠지는 악순환이 반복된다.

의사가 심심풀이를 찾아보라고 한 것은 그 때문이다.

"수치만 신경 쓰면서 일희일비하지 마시고, 잠시라도 병은 잊어버리고 뭔가 몰두할 수 있는 걸 찾아보는 게 좋을 것 같습니다. 그렇게 되면 언젠가는 자연히 좋아지니까요."

잊어버렸다고 해서 그것만으로 수치가 내려가는 것도 아닐 것이라고, 듣기 좋은 소리만 하는 의사에게 속으로 욕을 퍼부으면서도, 정말 내가 심심풀이로 할 수 있는 것이 뭐 없을지 진지하게 찾아본 것은 그런 이유 때문이다.

다행히 그림을 그리기 시작한 덕에 간 수치 같은 것은 깡그리 잊어버렸다. 하지만 이번에는 그로 인해 기진맥진하고 홀쭉하게 수척해져버렸다.

"당신은 적당한 때 그만두지를 못한다니까요."

아내의 말을 등진 채, 습작은 이것으로 일단 완성한 것으로 하자며 자신에게 타이르고 오랜만에 도쿄의 병원으로 검사를 받으러 갔다.

당시에는 혈액검사 결과가 바로 나오지 않았다. 병원에서 어딘가의 센터로 보내면 일주일쯤 지나 통지가 왔다. 나는 병원에서 검사를 끝내자마자 화방으로 직행하여 새로운 캔버스를 샀다. 의사가 그림은 몸에 나쁘니까 그만두라고 한다 해도 절대 그만둘 생각은 없었다. 그림을 그만두고 병이 낫는 것보다 병을 앓더라도 그림을 계속 그릴 수 있는 게 더 나았던 것이다. 한 달간 해보니 잊었던 감도 운동신경도 돌아온 듯했다. 앞으로는 더 좋은 그림을 그릴 수 있겠다는 생각이 들었다.

두 번째는 4호 캔버스에 익은 호박을 그렸다. 싱싱한 오렌지는 그리는 도중에 썩어갔기 때문에 시간을 오래 끌어도 괜찮은 건조한 것을 그리기로 한 것인데, 이번에는 전보다 훨씬 빨리 완성되었다. 그리고 이 작품을 끝낸 날 병원에서 검사 결과가 나왔는데, GOT도 GPT도 지난번 검사 때보다 믿을 수 없을 만큼 낮아져 있었다.

어른의 낙

그림을 그리기 시작하고 나서부터 간 수치는 상당히 낮은 수준에서 안정되었다. 여전히 정상치를 넘는 수준이긴 하지만, 보통 사람들처럼 활동해도 별로 피곤하지 않았다.

물론 영양이나 휴식에는 신경을 쓰고 있었고, 한방약품이나 각종 건강보조식품 등 간에 좋다는 것은 뭐든지 먹어보았다. 믿고 상담할 수 있는 의사도 알게 되어 정기적인 검사 외에도 진찰을 받았기 때문에, 단순히 그림에 몰두한 것만으로 이렇게 나아졌다고는 말할 수 없다. 하지만 적어도 그림이라는 흥미의 대상을 찾고 나서부터는 변화하는 수치에 일희일비하지 않게 되었고, 이 정도의 증상이라면 영영 낫지 않는다고 해도 상관없으며, 죽을 때까지 조용히 그림을 그리며 살아갈 수 있다면 그것만으로 만족할 수 있을 것 같았다. 그것이 간염증상이 안정되는 데 도움을 주었다는 것만은 분명하다.

어쨌든 나의 간염은 이제 만성간염이 된 것이다.

시중에서 판매되는 의학서적을 보니, 급성간염이 2개월 이상 지속되면 '천연성간염'이라고 하고 6개월 이상 지속되면 '만성간염'이라고 한단다. 만성간염은 10년이 지나면 간경화가 되기 쉽고, 간경화가 10년간 지속되면 간암으로 진행될 위험성이 크다고 쓰여 있다. 단순히 계산하면 이 상태로 20년만 지나면 죽는다고 해도 이상할 게 없다는 이야기다.

그런 어두운 체념이 마음속 깊은 곳에 있었던 탓인지, 두 번째 작품 이후 그럭저럭 제대로 된 그림을 그릴 수 있게 되고 나서부터는 어두운 그림만 그리고 있었다.

시든 꽃, 썩어가는 과일, 마른 정물.

살아 있는 모티프를 그리는 경우에도 어두운 화면 속에 희미한 빛이 닿는 정도였다. 예쁜 꽃이 핀 밝은 화면을 그리려고 한 적도 있지만 거짓 같아서 도저히 그릴 수가 없었다.

실제로 유화는 원래 어두운 그림을 그리는 데 적합한 매체다. 내가 유화로 그림을 다시 시작한 것은 고등학교 때까지 유화를 그렸기 때문이지만, 유화가 필연적으로 그 때의 어두운 기분에 맞았던 것이다.

화방에서 팔고 있는 캔버스는 마포麻布에 하얀 물감을 듬뿍 칠해 만든 것이다. 종이와 마찬가지로, 하얀색 위에 칠해야 물감의 색이 잘 드러나기 때문에 하얗게 마무리한 것이다. 우리는 그런 캔버스에 익숙해서 유화라고 하면 으레 하얀 화면에 화려한 색을 칠하는 것을 상상한다. 하지만 원래 어두운 색으로 밑칠을 한 화면에다 서서히 밝은 부분을 그려가는 것이 유화의 기법이다.

어두운 색으로 밑칠을 한 후 그 위에 조금씩 밝은 색을 칠해간다. 사람의 얼굴을 그릴 때도 그렇다. 먼저 거무스름한 배경에서 떠오르는 윤곽을 그리고, 서서히 밝은 색 물감을 칠해 얼굴의 인상을 강화해간다. 그리고 얼굴에서 가장 밝은 부분, 예컨대 빛나는 콧등에는 하얀 물감을 듬뿍 칠한다. 유화물감은 피복력이 강하기 때문에 덧칠이 잘 되는데, 안료에 따라서는 은폐하는 힘이 약한 것도 있고 밑의 물감 색이 비치는 것도 있다. 따라서 화면에서 가장 밝은 부분을 새하얗게 명확하게 그리려면 밑의 어두운 색이 보이지 않도록 하얀 물감을 두껍게 칠해야 한다. 이렇게 해놓고 약간 떨어져서 보면 물감의 두께 차이를 알아볼 수 없기 때문에 아주 자연스럽게 콧등만 빛나 보인다.

반대로 수채화는 밝은 화면에 조금씩 어두운 부분을 더해가면서 그린다.

원칙적으로 수채화는 하얀 종이에 그린다. 그 종이의 하얀 색이 하이라이트(가장 밝은 부분)다. 유화의 하이라이트는 하얀 물감을 두껍게 칠한 부분이지만, 수채화의 하이라이트는 물감을 칠하지 않고 하얗게 남겨놓은 부분인 것이다. 그러므로 가장 밝은 콧등은, 빛나는 부분만 처음부터 물감을 칠하지 않은 채 놔두고 그 주변부터 신중하게 물감을 칠하기 시작한다. 엷은 색에서 진한 색, 밝은 색에서 어두운 색 순으로 그려나가는 것이다.

이런 것을 나는 모두 책에서 배웠다.

처음에는 교본을 사는 걸 망설였지만 그 후에는 구할 수 있는 모든 참고서를 사 모았고, 전문서적에 가까운 것까지 독파했다. 그 외에도 그림에 관한 다양한 책을 사서 읽었다.

그 무렵에 읽은 책은 지금도 아틀리에의 책장에 꽂혀 있다.《유

화의 기술》,《명화의 기법》,《회화 기술 체계》,《화재대전
畵材大全》,《아티스트 매뉴얼》 등등.

　유화에 대해서는 고등학교 때도 이론을 배우기는 했지
만, 그냥 손을 움직여 그리는 것만으로도 즐거웠다. 이론
이나 기법, 하물며 역사 같은 것은 설사 배웠다고 해도 오
른쪽 귀로 듣고 왼쪽 귀로 흘려버렸을 것이다.

　이런 식으로 자신이 좋아하는 것을 느긋하게 공부할 수
있는 것은 어른이기에 가능한 낙이다. 고등학교 때라면
이런 공부에 흥미를 가졌다고 해도 이만큼 많은 책을 살
수는 없었을 것이다. 지금은 다소 금전적인 여유가 생기
는 연령이기에 비로소 좋아하는 책을 자유롭게 살 수 있는
것이다.

　2만 엔짜리 붓은 애교일 뿐이지만, 그림 재료도 고등학
교 때보다 훨씬 좋은 것을 많이 구비할 수 있다. 책을 읽고
눈을 뜨게 된 나는 여러 가지 그림 재료를 샀다.

　유화물감도 튜브에 들어 있는 기성제품만 있는 게 아니
라, 안료의 분말을 대리석 판 위에 놓고 조금씩 기름을 부
어가면서 유리막대로 문질러 불순물이 없는 물감을 만들
어 쓰는 방법도 있다.

계란 노른자와 니스(다마르 바니시dammar varnish)를 섞어 용제溶劑를 만드는 '템페라tempera'라는 기법이 있다는 걸 알고 시도해 보았지만, 도중에 계란이 썩은 것 같아서 그만두었다. 그러나 화방에서 병에 담긴 템페라 용제(계란색이다)를 발견하고 바로 샀다.

화방은 흥미로운 물건의 보고寶庫였다. 유화물감을 칠하고 그 위에 수채화 물감을 칠하면 물이 기름에 겉돌아 잘 칠해지지 않지만, 특수한 용제를 섞은 다음에 칠하면 유화물감 위에도 수채화 물감을 칠할 수 있다. 그런 용제도 선반 구석에 놓아두었다.

상자에 든 잉크와 펜 세트도 샀고, 파스텔과 수십 가지 색이 갖춰진 색연필도 구비했다. 일본화를 그릴 때 쓰는 분말 그림물감과 아교, 귀얄, 붓 한 벌, 물론 아크릴물감도 샀다. 그중에는 사용한 것도 있지만 아직까지 사용하지 않은 것도 있다. 동판화용 동판과 칼, 내친김에 간단한 동판 인쇄기까지 샀지만, 이것은 사용하는 방법을 몰라 한 번도 사용하지 않았다.

이런 것을 도락道樂이라고 하는지 모르겠지만 도락이라고 한들 뭐가 나쁘겠는가. 쓰지 않는 그림 재료 컬렉션은 어른이 아니고서는 가질 수 없는 것이다.

수채화용 도구는 사실 수채화를 그리기 전부터 사두었다.

처음으로 하얀 종이에 투명한 수채화를 그린 것은 아마 1987년 10월일 것이다. 그해 봄부터 그림을 그리기 시작했는데, 반년쯤 지나자 상당히 마음이 안정되었는지 만성 간염의 미래에 대해서도 그렇게 번민하지 않게 되었다. 어차피 죽을 때가 되면 죽는 거니까, 살아 있을 때부터 죽는 걸 생각해봤자 무슨 소용이 있겠는가. 액년에 간염에 걸려 10년이 지나면 간경화가 되고, 예순둘에 간암이 된다니, 잘하면 일흔 정도까지는 살 수 있을 것이다. 그 정도의 시간이면 상당히 많은 그림을 그릴 수 있다.

그날 이웃에게서 가지에 달린 사과를 받았다.

빨간 사과 두 개에 가지와 약간의 잎이 붙어 있다. 그것을 바라보다가 문득 수채화로 그려볼까 하는 생각이 들었다. 사과를 1층 식탁 위에 놓은 채 2층 작업실에서 스케치북과 수채화 물감 등의 도구를 가져왔다. 식탁 위에 하얀 종이를 놓고 연필로 형태를 잡은 다음, 물에 적신 붓에 빨간 물감을 묻혀 처음으로 수채화를 그렸다. 젖은 면 위에 새로운 붓을 대자 물감이 스며들어 색이 생각지도 못한 방향으로 퍼져나갔다.

어쩐 일인지 나는 지금까지도 그 순간의 일을 또렷이

기억하고 있다. 오호, 수채화라는 게 꽤 재미있는걸.

유화에는 없는 우연의 효과, 짧은 시간에 그려내는 신속함, 무엇보다도 물감 색 밑으로 하얀 종이가 비치는, 유화에는 없는 투명한 느낌.

그것은 내가 수채화라는 기법에 눈을 뜬 순간이기도 했다. 동시에 이렇게 눈부실 만큼 환한 하얀 종이에 선명한 빨간색 물감을 주저 없이 칠하게 된 자신을 발견하고는, '아, 다행이다, 그럭저럭 최악의 상황에서는 빠져나온 것 같은걸. 이것으로 길었던 투병생활도 끝날지 모르겠구나.' 하는 생각을 했다. 내가 간염을 극복할 수 있으리라는 희망을 품은 최초의 순간이었다.

보면 볼수록 서툰 그림이다. 이런 그림을 그리는 데 한 달이나 걸렸다니. 이 그림은 가루이자와에서 도부마치로 이사 왔을 때 아틀리에 서랍의 제일 안쪽에 넣어둔 이래 한 번도 꺼내본 적이 없다. 이번에 이 책을 쓰면서 16년 만에 꺼내서 보니 생각했던 것보다 훨씬 더 못하다.

나이프가 밋밋하게 그려져 있는 것은 '본 대로'가 아니다. 실제로는 나이프의 날이 있는 면에 주위의 사물이 비쳤을 테니, 천장이나 벽 등의 색을 그 면에 반영했어야 했다. 그런데 당시의 나는 나이프를 보인 그대로 그리면 나이프로 보이지 않을까봐, 이것은 분명히 나이프라는 것을 설명하기 위해 나이프의 면에 짙은 회색의 스테인리스 색만 칠했던 것이다.

16년 만에 처음으로 그린 습작을 보고 있으니 차츰 그때의 심정이나 정경이 되살아난다. 오른쪽 끝의 오렌지도 다소 뿌옇게 그려서 깊이를 표현할까 하고 고민하던 일이 떠오른다. 배경은 좀 더 밝은 색으로 칠했다고 생각했는데 의외로 어두운 것은 역시 어딘가 병의 그늘이 살며시 다가와서일 것이다.

〈오렌지와 마멀레이드 병이 있는 정물〉 32.0×41.0(1987)

여름이 끝나갈 무렵 수확한 작은 호박을 통풍이 잘 되는 곳에 두면 썩지 않고 원래의 형태를 유지한 채 그대로 마르는 경우가 있다. 10개 중에서 8개는 썩지만, 나머지 두 개는 잘 말라서 흔들면 안에서 대그락대그락 씨 소리가 나는 희끗하고 가벼운 건과가 된다.

나중에는 내가 직접 재배한 호박으로 만들었는데, 이 그림의 모델은 조각가인 친구의 아틀리에에 있던 것을 얻어 온 것이다. 마침 두 번째 작품으로 뭘 그릴까 생각한 순간 그 건과가 눈에 들어와 모델로 삼은 것이다.

처음에는 실패하여 빈틈없이 칠해버렸고, 그 결과 어두운 색의 밑그림이 되었다. 그 위에 엷고 가볍게 물감을 칠했다. 껍질에 도드라진 돌기 같은 것을 그릴 때, 빛과 그림자의 표현으로 사물의 입체감이 또렷이 살아나는 모습이 흥미로웠다.

둥근 건과와 달리 오른쪽에 있는 밤송이는 음영으로 입체감을 살리는 것이 어려워 고생했다. 둥근 것을 그릴 때는 부풀어 있는 뒤쪽을 상상하면서 그려야 한다는 것을 그때는 아직 잘 모르고 있었기 때문이다.

<건과> 24.2×33.3(1987)

이것이 유화로 그린 세 번째 작품이다. 졸작이기는 하지만 나아지고 있다는 것이 느껴진다. 책을 제재로 했는데, 한 권의 책등에는 애너그램을 시도했고('A.MAY ART OU MOT'는 TAMAMURA TOYO의 철자순서를 바꿔서 만들었다). 또 한 권의 제목은 '호두의 생활(인생)'이라고 했다. 호두는 알맹이가 마치 인간의 뇌 같고, 뇌 안에 있는 것을 죽 써서 늘어놓은 원고로 돈을 벌어 살아가는 문필가라는 직업을 이 서명으로 표현하려고 한 것이다. ART OU MOT는 '예술인가 단순한 단어인가'라는 의미로, 매문가賣文家라는 생업을 조롱한 것이다. 그런 의미에서 이 그림은 책과 호두의 모습을 빌린 자화상 같은 것으로, 이를 그림으로 그렸다는 것은 앞으로 그림도 표현하는 수단이 된다는 것을 확신하고 있었다는 증거인지도 모른다.

왼쪽에서 책의 모서리를 비추는 빛은 원래 오른쪽의 호두까지는 닿지 않는다. 그런데 호두에도 빛이 닿는 것처럼 그린 것은 의도적인 조작으로, 초심자의 실수는 아니다.

낡은 책의 페이지가 겹치는 부분은 물감을 두껍게 칠하고 페인팅 나이프로 자르듯이 실제로 줄을 넣었다. 이런 작업을 할 수 있는 것이 유화의 강점이다.

〈책(호두의 생활)〉 27.3×41.0(1987)

밭에서 포도를 따 와 그린 뒤 아틀리에 구석에 놔두었더니 그대로 바짝 말라버려 까매졌다. 그
것을 검은 밑그림 위에 그렸다. 알갱이는 은색, 말라버린 잎은 금색. 사인은 은을 밑에 바르고
그 위에 다시 검은색을 칠한 뒤 바늘 끝으로 긁어서 했다.
아래쪽의 석류 그림은 병을 앓았던 무렵에 그린 예전 작품을 조금 수정한 것인데, 이 그림에도
은을 사용했다. 나는 금속이 가진 독특한 광택을 좋아해서 유화뿐만 아니라 수채화에서도 금과
은을 자주 쓴다. 금에 은을 섞은 샴페인골드도 내가 좋아하는 색이다.

위 〈검은 포도〉 44.0×54.0(1995)
아래 〈검은 석류〉 41.0×27.3(1995)

초기의 유화 작품 세 점.
연어는 가루이자와에 사는 친구에게서 받아 손수 훈제한 것을 그렸다. 누런색 물감에는 역시 금이 섞여 있다.
게는 누군가에게 얻은 바다참게인데, 금에 은을 섞어 어두운 해저에 있는 듯한 분위기를 살렸다. 이 그림은 사실 좀 더 잘 그렸는데, 아직 마르지 않았을 때 액자에 넣었더니 물감의 일부가 유리에 닿아 벗겨져버렸다. 서둘러 다시 칠했더니 더욱 이상해져버려서 결국 전면적으로 다시 손질했다. 그 때문에 전체가 두툼하니 둔한 인상의 그림이 되고 말았다. 은을 쓴 〈고추냉이〉는 내가 좋아하는 작품이다.

위 〈연어〉 59.0×39.5(1987)
가운데 〈게〉 23.0×29.0(1987)
아래 〈고추냉이〉 17.0×23.5(1987)

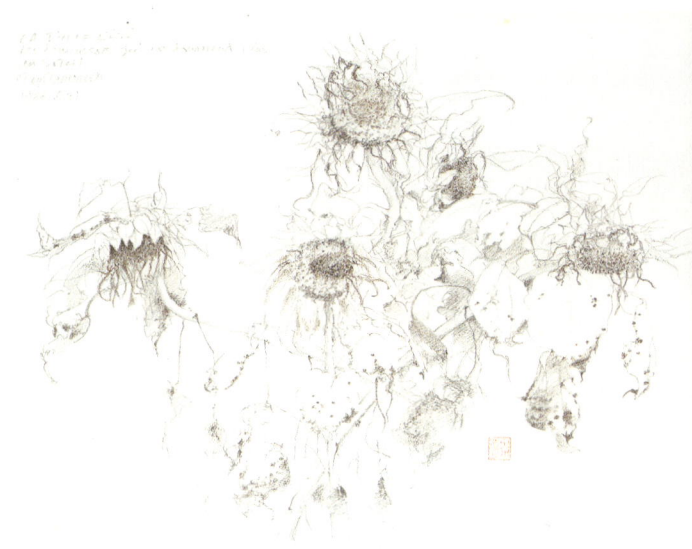

왼쪽 〈첫 수확〉
21.0×29.4(1987)

오른쪽 〈시든 해바라기〉
사이즈 미상(1988)

아래 〈미요타의 집〉
44.0×59.5(1987)

아직 간염 증상이 완전히 낫지 않았을 무렵, 나는 미요타(御代田)에 있는 무라타 유리(村田ユリ) 씨의 농원에서 아내가 유리 씨에게 밭일을 배우는 동안 뜰에서 스케치를 하며 시간을 보냈다. 시든 해바라기는 농원의 구석에 있던 것이다. 그 위치에서 유리 씨의 집 안채를 바라본 풍경이 아래의 펜화(구아슈gouache 채색)다. 오렌지색 배경의 감자 그림은, 아내가 직접 심고 처음으로 수확한 감자를 가루이자와의 집으로 가져가 그렸다.

위쪽의 사과 그림은 내가 처음으로 그린 수채화다. 어두운 유화만 그리고 있던 내가 드디어 하얀 종이에 밝은색을 칠하는 그림을 그리게 된 첫 작품이고, 이 그림이 잡지에 게재된 것을 계기로 갤러리아 프로바GALLERIA PROVA와의 계약이 성사되었다는 점에서도 나에게는 기념비적인 작품이다.

〈가지가 달린 두 개의 사과〉 사이즈 미상(1987)

아래쪽의 게 그림은, 그 후 내가 처음으로 개인전을 열게 된 하라(原) 화랑의 하라 씨가 강에서 잡았다며 일부러 보내준 동남참게를 그린 것이다. 삶아서 먹기 전에 서둘러 그렸다. 사인 밑에 1987년 섣달 그믐날이라고 프랑스어로 쓰여 있다.

〈세 마리의 게〉 사이즈 미상(1987)

초기 작품 중에는 먹으로 잎을 그리거나(위), 그림자를 색연필로 붉게 칠하는(아래 왼쪽) 등 자유롭게 그린 그림도 많다. 오리엔탈 양귀비(아래 오른쪽)는 붉은 채색에 실패하여 처음부터 다시 그렸다.

위 〈벨오로라〉 사이즈 미상(1988)

아래 왼쪽
〈분홍색 제라니움〉 사이즈 미상(1988)

아래 오른쪽
〈붉은 오리엔탈 양귀비〉 사이즈 미상(1988)

새로운 자신의 발견

고등학교 때는 난폭한 그림을 그렸다.

정물 사생도 했지만 풍경화를 그리는 일이 더 많았고, 때로는 추상화 같은 것도 그렸다. 어느 것이나 캔버스에 기세 좋게 붓을 휘두르거나 페인팅 나이프로 화면에 직접 물감을 처바르는, 힘차기는 하지만 안정감이 없는 그림이었다.

미술부의 담당 선생님은 너무나도 예술가다운 풍모의

세키구치라는 화가였다. 그의 성실한 성품에 많은 학생들이 따랐는데, 나는 늘 똑같은 주의를 받았다.

"다마무라, 터치 하나하나에 좀 더 마음을 담아야지. 휘갈기듯 그려서는 안 된다, 좀 더 천천히, 쉬었다가, 생각하면서 그리지 않으면 안 돼. 긴 선은 단숨에 그리지 말고 짧은 선을 조금씩 거듭하면서 화면을 좀 더 긴밀하게 만들도록."

그러나 나는 그런 지적에는 아랑곳하지 않고 여전히 물감 위에 속도감 있게 미끄러지는 붓의 흔적이 오롯이 남는 난폭한 그림만 그렸다.

카임 수틴(Chaim Soutine, 1894~1943), 모리스 드 블라맹크(Maurice de Vlaminck, 1876~1958), 사에키 유조(佐伯祐三, 1898~1928). 이런 대가들의 작품을 한데 뭉뚱그려 난폭하다고 표현한다면 벌을 받겠지만, 나는 용솟음치는 정열이 붓이나 나이프의 흔적으로 나타나는 그런 작품이 좋았기 때문에 선생님의 말에는 귀를 기울이지 않는 건방진 학생이었다.

세키구치 선생님의 그림은 중후하지만, 답답할 정도로 긴장감이 가득했다. 선생님이 당시 빠져 있던 모티프는 탁자 위의 천이었다. 여러 겹으로 접힌 하얀 천이 화면에 몸부림치듯 덮여 있고 그 사이로 흑갈색의 탁자가 엿보인다. 격렬한 열정은 조용한 화면 속

깊이 숨어 있었다. 하나의 주제를 막다른 곳까지 집요하게 추구해나가는 화가의 기백과 불굴의 정신은 감동적이었지만, 고등학생인 젊은이에게는 이해하기 어려운 것이어서 선생님의 충고가 가슴에 와 닿지 않았다.

어느 날 미술부에서 요코하마로 그림을 그리러 갔을 때, 나는 부두 앞에 바다가 있고 그 위에 흐린 하늘이 펼쳐져 있는 풍경을 그렸다. 거의 다 그렸을 무렵(난폭하게 그리니 그리는 것도 빠르다) 선생님이 내 그림을 보고, "다마무라, 이건 좀 아닌 것 같은데. 바다는 하늘을 반사하고 있으니까 바다가 하늘보다 밝을 수는 없지. 너의 그림은 밝기가 거꾸로 되어 있어."라고 지적하고는 내가 바다를 하늘보다 어두운 색으로 다시 칠할 때까지 옆에서 가만히 지켜보고 계셨다.

그때 선생님도 4호 정도의 작은 그림을 그렸는데, 어둑한 색조로 톤을 맞춘 풍경화가 근사했다. 단시간에 그려낸 스케치 같은 작품이었기에 오히려 프로 화가의 대단함을 느낄 수 있었다.

미술부의 선배와 동급생 중에도 재능 있는 사람이 많았다. 내 이전에 미술부장을 한 우루시바타漆畑라는 선배의 풍경화를 봤을 때 당해낼 수 없겠다고 생각했다. 고바야시라는 동급생의 연필데생을 봤을 때는 위험하다고 생각했다. 아무래도 내가 나설 무대는 없는 것 같았다.

내가 다니던 고등학교는 도립都立 니시西고등학교라는 이른바 대학 진학에 중점을 두는 학교였다. 당시 매년 도쿄대학 합격자를 100명 이상씩 배출하던 명문이었다. 근방의 중학교에서 우수한 학생들만 모이는데도 입학 당시 내 성적은 자랑하는 건 아니지만(그래도 자랑하자면) 톱클래스였다.

그런데 입학하자마자 미술부에 들어가 방과 후부터 어두워질 때가지 그림만 그리는 나날을 보내는 사이, 내 성적은 점점 떨어지기 시작했다.

당시에는 2학년 가을이 되면 클럽 활동을 그만두고 지망 학교를 정해 입시 공부에 전념하는 것이 보통이었는데, 어느 날 담임선생님이 어머니와의 면담에서 심각한 주의를 주었다. 입학할 때는 좋던 성적이 그림만 그리니까 이렇게 떨어지는 것 같다며, 이 정도로는 도쿄대학에 들어갈 수 없다는 것이었다. 담임선생님은 나카무라 고로라는 국어 선생님으로, 1학년 때부터 담임이었다. 나는 국어를 잘했던 만큼 선생님으로서는 성적 부진이 안타까웠을 것이다.

친구들 중에는 예술대학에 지원하는 애도 있었다. 실제로 니시

고등학교 미술부는 적잖은 프로 화가를 배출했는데, 나는 전혀 자신이 없었다. 세키구치 선생님은 1년 재수하며 석고데생을 착실히 하면 예술대학에 들어갈 수도 있다고 말해주었지만, 설령 예술대학에 합격한다고 한들 화가가 된다는 보장이 있는 것도 아니었다. 오히려 제대로 먹고 살기 힘들다는 것은 명백했다. 아버지와 같은 화가가 되어 아버지의 발밑에도 쫓아가지 못한다면 아들로서 얼마나 한심한 노릇인가. 그렇다면 더 생각해볼 것도 없었다. 나는 주저 없이 그림을 그만두고 입시 공부에 전념했다.

그로부터 간염 덕에 다시 붓을 들게 될 때까지 25년의 세월이 흘렀다.

그 사이에 나는 그림과는 전혀 무관한 삶을 살아왔다. 애초에 화가를 지망한 것이 아니었기에 아무런 미련도 없었고, 대학에 들어가고 또 그 후에도 그림을 그리려는 생각은 한 번도 하지 않았다. 프랑스에 유학했을 때도, 유럽의 각지를 방랑했을 때도 간혹 미술관에 들른 일은 있었지만, 그것은 일반 관광객이 그림을 보러 가는 것과 같은 정도의 관심이었다.

어린 시절부터 그렇게 몰두했던 취미라고 할까, 요컨대 에너지를 쏟은 대상을 그렇게 쉽게 잊어버리다니. 그림을 다시 그리기 시작한 뒤에 생각해보니 25년 동안이나 그림에 전혀 관심을 갖지 않았다는 것이 오히려 더 이상한 일이었다. 그러나 그것도 잘 생각해보면 고등학생 무렵부터 몰두했던, 음악이든 연극이든 문학이든 가능하면 그것에 일생을 걸고 싶다고 한 번은 생각해본 적이 있는 활동을, 대학에 진학한다고 해서 또는 회사에 취직한다고 해서 깨끗이 잊어버리는, 아니 잊어버릴 수는 없다고 해도 억지로 의식 밑으로 밀어 넣어 숨기는 일은 누구나 한번쯤은 경험하는 일이 아닐까. 오히려 나의 경우, 간염이라는 성가신 병 덕분에 보통은 그대로 인연이 끊어졌을, 젊었을 때 흥미를 가졌던 대상과 재회할 수 있게 된 뜻밖의 운명을 기뻐해야 할 것이다.

흥미로운 것은 마흔이 넘어 다시 시작한 그림이 25년 전과는 전혀 달랐다는 점이다.

첫 번째 습작의 배경은 어두운 색이었지만, 물감을 두껍게 칠한 방식 등이 고등학교 때 그렸던 것과 비슷한 스타일의 정물화였다. 하지만 그 이후의 작품은 의식적으로 바꾼 것이 아닌데도, 같은 정물이면서도 마치 다른 사람이 그린 것 같은 느낌이었다.

병 때문에 우울하기도 해서 조용한 화제畵題를 선택하고, 하얀 캔버스를 어두운 색으로 밑칠을 한 후 그리기 시작한 것도 한 가지 이유일 것이다. 한 달간의 악전고투 끝에 그럭저럭 예전의 운동신경을 되찾고 나서 그린 그림은 어느 것이나 조용하고 차분했고, 엷은 물감으로 세부까지 정성껏 그려졌다. 젊었을 때는 내가 이런 그림을 그릴 거라고는 상상도 할 수 없던 작품들이었다.

고등학교 때의 그림은 한 장도 남아 있지 않다. 하지만 돌이켜보면, 다시 그림을 그리기 시작하고 두 번째로 그린 그림 이후의 작품보다는 질적으로 많이 떨어졌던 것 같다.

물론 다시 그림을 그리기 시작하고 그린 두 번째 이후의 작품이라고 해도 아직 아마추어의 습작 단계를 벗어나지 못한 정도라는 것은 알고 있지만, 그래도 선생님의 충고도 귀담아 듣지 않고 난폭하게 그려댔던 고등학교 때의 그림보다 완성도는 높은 것 같다. 자화자찬이란 바로 이런 것이겠지만, 쉽게 말하자면 25년 동안 붓을 잡지 않았던 동안 나의 그림 실력이 늘었던 것이다.

아무것도 하지 않았는데 나아졌다는 것이 가능할까. 기술적인 의미에서는 말이 안 되는 일일 것이다. 그러나 그림이 그것을 그린 사람의 정신이나 사상, 인생의 태도를 무의식중에 표현하는 것이라면, 25년 동안의 인생 경험으로 젊었을 때와는 전혀 다른 그림을 그린 것이라고 볼 수도 있겠다.

작품의 우열이야 어쨌든, 맞선 적을 쓰러뜨릴 것 같은 기세 좋은 그림은 젊었을 때밖에 그릴 수 없는 것인지도 모른다. 그 대신 조용하고 차분한 어른의 그림은 어른이 되어야만 비로소 그릴 수 있다. 우리는 나이를 먹으면 이제 젊었을 때처럼 할 수 없다며 잃어버린 젊음을 한탄하지만, 반대로 그것은 젊었을 때는 할 수 없었던 것을 할 수 있게 되었다는 것이므로, 나는 나이가 들어 새로운 자신을 발견하게 된 것을 순순히 기뻐하고 싶다.

나는 가끔 이런 상상을 한다. 내가 그때 미술대학에 진학하여 직업 화가가 되었든 아니든, 그 후 계속해서 그림을 그려왔다면 나는 지금 도대체 어떤 그림을 그리고 있을까.

젊었을 때부터 전문적인 미술교육을 받고 화가의 길을 걸었다면 늘 새로운 주제나 기법을 모색하면서 다른 평범한 화가와는 다른, 누가 봐도 나의 작품임을 알 수 있는 개성적인 작품을 발표했을지도 모른다. 적어도 성공한 화가가 되었다면 그랬을 것이다. 그것이 어떤 작품일지 꿈속에서라도 보고 싶기는 하지만, 지금으로서는 그때 직업적인 화가를 지망하지 않은 것이 참 다행이었다고 생각한다.

젊었을 때부터 그 길로 나갔다면 지금처럼 뜰에 피어 있는 꽃을 꺾어 와 그것을 보이는 그대로 그리는 단순한 행위를 프로의 작업으로 하고 있을 거라고는 도저히 생각할 수 없기 때문이다.

역사에도 인생에도 만약은 없으며 아무리 많은 분기점이 있어도 결과적으로 걸어온 길이 유일한 필연이라고 한다면, 나는 아침 햇살 속에 빛나는 식물의 아름다움에 감탄하며 붓을 놀리고 있는 지금의 행복을 가져다준, 젊은 날에는 상상도 하지 못했던 그 필연에 감사한다.

제3장
프로와 아마추어의 차이

첫 개인전

나는 그림에 푹 빠져서, 요양 중이라 글 쓰는 일이 줄어든 것을 구실 삼아 하루 대부분의 시간을 그림을 그리는 데 썼다.

간염 증세가 나타난 후 2년 만에 어두운 유화 대신 하얀 종이에 밝은색 수채화로 꽃이나 과일을 그리게 되자, 아내도 내가 그림을 그리는 것에 불평을 하지 않게 되었다. 물론 본업은 뒷전이고 그림만 그리는 것이 다소 켕기기는 했다. 그래서 아내가 아침부터 외출하는 날이면 기쁨을 억누르며 빨리 출발하는 게 좋을 거라고 등을 떠밀어 내보내고는 부리나케 그림 그릴 준비를 했다.

막 수채화를 그리기 시작한 무렵에는 종이를 책상 위에 놓고 그리는 것이 아니라 두꺼운 종이 보드를 이젤에 세워 놓고 그리곤 했다. 초등학교 이래 수채화는 그려본 적이 없었으므로 유화를 그리는 것과 비슷한 방식으로 그리는 것이 편했던 것이다. 나는 아내가 집을 떠나면 곧바로 이젤을 꺼내 모델로 하는 꽃을 앞에 두고, 하루 종일 그림을 그릴 수 있겠다는 생각에 혼자 웃음을 흘렸다. 내가 좋아하는 나직한 음악을 틀어놓고 연필만 쥐면 내 세상인 것이다.

그 무렵 아내는 이웃 마을 미요타에 있는 무라타 유리 씨의 농장에 다녔다.

무라타 유리 씨는 저명한 건축가의 아내로 젊었을 때는 독일에서 생활했는데, 마흔을 넘겨 독일 남부와 비슷한 풍경에 매료되어 미요타에 7천 평의 땅을 구입해 혼자 힘으로 광대한 농장을 개척했다. 니가타의 부유한 집안에서 태어난 유리 씨는 어렸을 때부터 식물에 흥미를 품었고, 결혼한 후에는 혼자 미국으로 건너가 플라워 디자인을 배우는 등 시대를 앞서 살아온 진취적이고 배짱이 두둑한 멋진 여성이었다. 아내가 어느 친구의 소개로 그녀를 알게 된 무렵, 그녀는 전망 좋은 광대한 농장에서 여러 가지 꽃이나 허브를 키우며 아침에는 피아노를 치고 흙일을 마친 뒤에는 식물의 정밀화를 그리며 북방 식물의 재배에 관한 자료를 원어로 읽는 은발의 아름다운 노부인이었다. 유리 씨에게서 아내는 식물 재배에 관한 지식을 하나씩 배워가는 동시에 자연과 생명을 상대로 살아가는 일의 근사함을 익혔다.

나는 아직 밭일을 할 수 있을 만큼 체력이 회복되지 않았으므로 아내가 미요타에 가느라 집을 비우면, 그 사이에 유리 씨 집에서 얻어온 독일붓꽃이나 허브 마시멜로, 압신티움, 델피니움 등의 꽃들을 내 마음대로 꽃병에 꽂아두고 그림을 그렸다.

우리 집은 별장지에서 떨어진, 자동차도 거의 다니지 않는 잡목림 안에 있다. 아무도 귀찮게 하지 않는 그 한적한 시간이 이대로 영원히 계속되기를 바랄 만큼 지극히 행복한 시간이었다.

아니, 그렇다고 오해하면 안 되니 미리 말해두자면, 나는 아내가 그대로 돌아오지 않았으면 좋겠다고 바란 것은 아니다. 해질녘이 되면 나는 붓을 놓고 식사 준비를 한 후

부엌에 서서 두 손 가득 꽃을 안고 돌아오는 그녀를 기다렸으니까. 꽃집에서 파는 꽃과 달리 사람에게 아양 떠는 것을 모르는, 들에서 자란 꽃의 늠름한 아름다움을 안 것도 바로 그때였다.

매일처럼 그림을 그리다 보니, 당연히 작품 수는 점점 늘어갔다.
나는 검진을 위해 도쿄로 나갈 때마다 액자를 주문했고, 마음에 든 그림을 액자에 넣어 벽에 걸었다. 그림은 어떤 것이든 액자에 넣으면 작품이 된다. 옷이 날개라는 말이 있듯이, 테두리를 정하고 액자에 끼우면 아마추어의 그림이라도 왠지 모르게 그럴듯해지니 신기할 따름이다. 나는 액자를 새로 맞추고 그때까지 벽에 걸려 있던 아는 화가의 그림을 떼어내고 내 그림을 걸기도 했다.
그러는 사이에 차츰 벽의 공간이 부족해졌다. 내 그림을 벽에 걸어놓고 감상하는 것은 다른 사람에게 폐를 끼치는 취미는 아니지만, 온 집안이 액자로 넘쳐나고 마루 여기저기까지 그림을 세워두게 되면 조금 미묘해진다. 그래도 매일 붓을 들게 되니 실력은 조금씩 나아졌다. 같은 정물을 그려도 이전보다 정확히 데생을 할 수 있게 되었고, 조금은 봐줄 만한 작품이 완성되었다. 마흔을 넘겨도 발전하는 것이 있다는 것이 얼마나 기쁜 일인지. 나는 부지런히 예전 작품을 새 작품으로 교체하고, 특히 잘 그린 것은 손님들도 볼 수 있는 벽면에 걸어놓았다.

그 무렵 가끔 우리 집을 찾아오는 지인 중에 우에다 시에서 화랑을 경영하는 하라 씨가 있었다. 우리가 가루이자와로 이사했을 때부터 신세를 진 분으로, 가끔 근처에 사는 화가의 집을 방문하는 길에 우리 집에도 들르곤 했다.

화랑 경영자이므로 말할 것도 없이 그 분야의 프로다. 나는 내 그림이 그의 눈에 띄는 것이 처음에는 창피했는데, 한동안 하라 씨는 아무 말도 하지 않았다.

집 안의 벽이라는 벽이 온통 내가 그린 꽃 그림으로 메워지고 나서 몇 번 더 찾아왔을 때 하라 씨는 처음으로,

"선생님, 그림을 그리기 시작했습니까?"

하고 묻고는 곤란한 듯한 표정을 지었다. 선생님이라는 호칭은 이 사람의 직업적인 말버릇이라서 어쩔 수 없지만, 그 곤혹스러운 표정은 또 무슨 의미란 말인가. 그때는 그대로 돌아가더니 얼마 지나지 않아 전화가 왔다.

"선생님, 슬슬 개인전이라도 열어야 하지 않을까요?"

하라 화랑은 우에다 시내에 있는 작은 화랑이다. 공간은 그리 넓지 않지만 신슈에 연고가 있는 화가를 중심으로 정취가 있는 작품을 모아놓은 곳으로 알려져 있었다.

개인전이라는 단어는 참 울림이 좋은 말이다.

특히 그림을 그리기 시작한 지 얼마 되지 않은 아마추어 화가에게는 자신의 작품으로 개인전을 연다는 것은 꿈과 같은 바람이다. 더군다나 하라 화랑은 아무리 작은 화랑이라고 해도 아마추어가 빌려 쓸 수 있는 곳이 아니다. 프로 화가의 작품을 전시하고 판매하는, 화상畵商이 경영하는 화랑인 것이다. 그곳에서 개인전을 연다는 것은, 당연히 전시한 그림을 판다는 것을 의미한다.

개인전을 열지 않겠느냐는 말은 감미롭게 들렸지만, 작품을 판다는 것은 상상도 할 수 없는 사태였다. 우연히 내 그림을 본 하라 씨가 아무 말도 하지 않는 것도 실례일 것 같아서 인사치레로 한 말이라면 또 모르겠지만, 만약 진심으로 그런 것을 생각하고 있다면 대체 어떻게 대처해야 좋단 말인가.

그때부터 한동안 진지하게 고민했다. 결국 내 그림을 우리 집 벽이 아니라 불특정 다수의 사람들이 볼 수 있는 화랑이라는 곳에 모아 전시한다는 유혹을 이기지 못하고 나는 난생 처음 개인전을 여는 쪽으로 마음이 기울었다.

아내가 미요타에 다니기 시작하고 나서 우리는 가루이자와에서 이사하는 것을 진지하게 고민하기 시작했다. 좀 더 볕이 잘 들고 지대가 낮은, 채소나 허브를 키우는 데 적합한 땅을 찾아 주말이면 근방을 드라이브하게 된 것도 그 무렵부터였다.

하라 씨가 개인전 이야기를 꺼낸 것은 슬슬 현재의 장소로 후보지가 좁혀지고 있던 때였다. 우에다 시 인근의 도부마치(현 도미東御 시)로 이사한다면 친지들에게 첫선을 보이는 것을 겸해 우에다에서 개인전을 여는 것도 좋을 거라고, 특별히 필요하지는 않지만 하는 편이 나을 것 같다는 이유를 붙여 나의 첫 개인전을 하라 화랑에서 개최하기로 결정했다. 그림을 다시 그리기 시작한 지 3년쯤 된 무렵의 일이다.

출품한 것은 모두 30점쯤 되었을까. 그때까지 집의 벽을 장식하고 있던 그림들이었다. 그 외에 맨 처음에 그린 유화도 화랑에 인접한 카페의 한 공간을 빌려 비매품으로 전시하기로 했다. 유화를 비매품으로 전시한다는 것은 화랑에 거는 수채화는 당연히 판매의 대상이 된다는 것을 의미한다. 그 문제에 대해서는 어느 쪽도 말을 꺼내지 않은 채 전시회 날짜가 다가왔다.

"선생님, 가격은 어떻게 하실 건가요?"

어느 날, 드디어 하라 씨가 구체적으로 이야기를 해왔

다. 피해 갈 수 없는 문제라는 건 알고 있었다.

"수채화도 다 비매품으로 할 수는 없는 건가요?"

"아아, 그건 좀 곤란한데요"

할 수만 있다면 나는 한 점도 팔고 싶지 않았다. 모두 다 애써 그
린 소중한 작품들이었기 때문이다. 언제까지고 곁에 두고 싶다, 마
음에 든 작품만 걸어두는 거다, 그것을 어떻게 다른 사람 손에 넘
긴단 말인가.

하라 씨는 작은 종이에 출품작의 일람표를 적고, 그 밑에 숫자를
적어 넣을 수 있는 공란을 만들어서 나에게 건넸다. 적당한 숫자를
넣어달라는 것이다.

이 해바라기 그림은 30만, 아니 50만 엔인가. 붉은 양귀비꽃 그
림은… 이건 연필로 밑그림을 잘 그렸는데 물감을 칠할 때 실패하
여 처음부터 다시 그린 그림이다. 그래, 이렇게 많은 수고와 시간
이 들어간 작품이니까, 으음 60만, 아니 100만이다!

실패하는 것은 자기 잘못이다. 다시 그리는 것도 자기 마음이
다. 그런 것이 작품 가격에 아무런 영향을 미치지 않는다는 것은
잘 알고 있었지만, 나는 어떤 이유를 붙여서든 그림을 팔고 싶지
않았다. 비매품이 아니라도, 엄청나게 높은 가격을 붙이면 아무도
사지 않을 게 아닌가.

나는 아내 앞에서,

"사실은 1억 엔을 준다고 해도 팔고 싶지 않아."

라고 흰소리를 했지만 그렇다고 실제로 1억 엔이라고 쓸 수는 없는 노릇이었다. 그래서 다소 현실을 고려하여 60만 엔이라고 생각한 것은 40만 엔, 100만이라고 생각한 것은 60만 엔으로, 나로서는 큰맘 먹고 낮은 가격을 붙여 화랑에 넘겼다. 그런데 하라 씨가 부드럽게, 그러나 단호하게 말했다.

"선생님, 이건 좀 높은 게 아닐까요?"

몇 번 의견을 주고받은 끝에 아마 화랑으로서는 마지못해 승낙했을, 아마추어 화가의 첫 개인전치고는 적정하다고 할 수 없는 가격이 붙었다.

한데 1989년 가을, 우에다 시의 하라 화랑에서 열린 첫 개인전의 반응은 시종일관 더할 나위 없이 좋았다. 도쿄나 가루이자와에서 많은 친지들이 달려와주었고, 하라 씨를 통해 우에다의 많은 사람들과도 알게 되었다. 그림은 닷새의 전시 기간 중에 모두 팔렸다. 글쟁이의 첫 개인전이었기에 축하하는 의미로 사준 사람도 많았을 것이다. 어떤 의미에서 화랑에 대한 작가의 책임을 다한 것 같아

안도하기도 했지만, 매일 바라보던 작품이 모두 사라져버린 것은 참 섭섭한 일이었다.

그림이 나아졌다고는 해도 잘 되지 않아 종이째 찢어버리는 일도 가끔 있었고, 완성은 했지만 마음에 차지 않아 액자에 넣지 않은 그림도 많다. 내가 개인전에 출품한 그림은 모두 다 잘 그려져 마음에 든 것들이다. 이제 그런 그림은 두 번 다시 그릴 수 없을지도 모른다.

그러나 다행인지 불행인지 30점 모두 팔렸으므로 집의 벽면에 여유가 생겼다. 나는 그 빈 공간을 채울 그림을 다시 그리기 시작했지만, 두 번 다시 개인전을 열겠다는 생각은 하지 않았다. 그림을 그리는 동안은 즐겁지만 그렇다고 늘 잘 그려지는 것은 아니다. 나에게는 아직 자신감이 부족했다.

오치다 요코落田洋子 씨와 만난 것은, 내가 병에 걸렸을 때 다양한 관심사에 대한 생각을 정리한 에세이집《아르마딜로 사상록私想錄》을 출간할 때였다. 그 에세이집은 나의 어둡고 괴로운 고백까지를 포함한 진지한 내용의 책이었으므로, 그것에 어울리는 장정을 해야 했다. 그래서 편집자와 의논하여 오치다 씨에게 표지 그림을 부탁하기로 했다. 오치다 씨는 일본을 대표하는 여성 화가 중한 사람으로, 사실적이지만 서사성이 풍부하고 환상적인 모티프를 그 세부까지 꼼꼼하게 공예품 같은 아름다움으로 완성해 내는 독특한 화풍으로 평판이 높은 화가였다. 매년 긴자의 화랑에서 신작을 발표하면 곧바로 다 팔려나가는 인기 화가이기도 했다.

오치다 씨는 우리의 바람대로 책에 어울리는 멋진 작품을 만들어주었다. 나는 그 인사를 겸해 책이 완성되었을 때 편집자와 함께 출간을 기념하는 식사 자리를 마련했다.

나에게도 화가 친구가 있지만 평소에는 일부러 그림 이야기를 하지 않는다. 친구란 원래 그런 것이다. 그런 점에서 오치다 씨와는 초면이었고, 그날 만난 이유가 그림 때문이기도 했으므로 이탈리아 요리를 먹으면서 좋은 기회라고 생각하고 물어보았다.

"오치다 씨 댁에는 본인의 그림이 걸려 있습니까?"

프로 화가도 그럴 거라고 생각한 것은 아니지만, 초면에 가벼운 것부터 물어볼 요량으로 그렇게 말문을 열었다. 그러자 오치다 씨는,

"그럴 리가요."

하고 크게 웃으며 일축하고는,

"있다면 그리고 있는 그림 정도지요. 그 외의 그림은 완

111

성되면 곧장 화랑에서 가져가버리거든요."

하고 아주 자연스럽게 대답했다. 나는 첫 질문에 이어서 그림을 파는 것에 대해서는 어떻게 생각하는지, 가격은 어떻게 정하는지 등 진정한 화가의 생활에 대한 핵심적인 질문을 하려고 잔뜩 벼르고 있었지만, 너무나도 어안이 벙벙해하는 오치다 씨의 표정과 웃음소리에 그만 다음 말을 잇지 못했고, 그 사이에 화제는 다른 이야기로 옮겨가고 말았다.

그리자마자 팔려나간다. 수중에는 한 점도 남지 않는다. 그것이 프로 화가라는 것인가…. 역시 그런 거구나 싶고, 굉장하다는 생각이 들었다.

나는 내 작품을 지나치게 사랑하고 있는 것이다. 그래서 다른 사람에게 넘기는 것이 못 견디게 괴로운 것이다. 아마추어란, 사랑하는 사람이라는 의미다. 그래서 나는 아직 아마추어라는 걸 그때 깊이 통감했고, 즐겁게 웃는 오치다 씨가 나와는 전혀 다른 세상 사람처럼 보였다.

신축한 집의 부엌 벽에 왼쪽에서부터 토마토, 오이, 가지 순으로 세 점의 그림을 걸어두었다. 물론 처음에는 원화를 걸었다. 하지만 그 후 갤러리아 프로바와 계약하여 복제 판화를 제작하게 되었으므로, 원화는 1994년 11월 첫 개인전에 내놓았고 부엌 벽에는 판화를 걸어놓았다. 프로의 끄트러기로서 그림 그리는 일을 시작한 무렵의 초심을 잊지 않으려고, 같은 벽에 같은 배치로 이 세 점의 그림을 지금도 걸어두고 있다.

위 〈변형 토마토〉 31.0×41.0(1994)
가운데 〈오이〉 38.9×50.4(1994)
아래 〈가지〉 31.1×41.0(1994)

색이나 모양이 보통의 것과는 다른 채소나 부엌
에 방치해두어 싹이 난 채소는 내 그림의 아주
좋은 모델이 된다. 싹이 난 비트 그림은, 한 해
전에 커다란 〈비트 대왕〉을 그렸으므로 이번 것
은 '비트 왕자'라고 했다.

위 〈주키니 2색 변종〉 29.3×38.0(1994)
아래 왼쪽 〈감자 싹〉 25.0×35.0(1993)
아래 오른쪽 〈비트 왕자〉 24.0×18.0(2006)

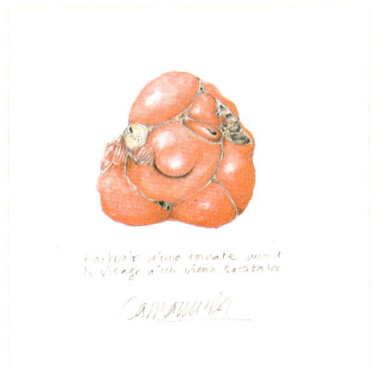
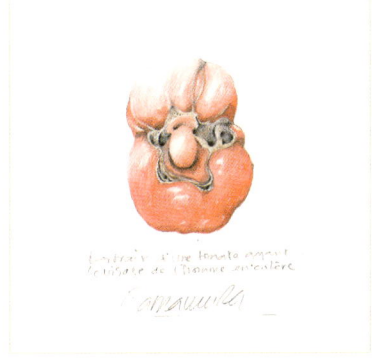

〈인면 토마토〉 시리즈 네 점은 왼쪽 위에서부터 시계 방향으로 〈슬픈 여인〉, 〈코에 피어스를 한 남자〉, 〈불뚱이〉, 〈고독한 노인〉이다. 특이한 모양의 열매가 열리기 쉬운 외국 품종의 토마토를 키웠더니 사람 얼굴을 연상시키는 흥미로운 것이 몇 개 달렸다. 어느 것이나 거의 변형시키지 않고 그대로 그렸다.

〈인면 토마토〉 각 24.0×24.0(1995)

식탁의 풍경이나 요리 그림은 그리고 싶기는 하지만 좀처럼 그릴 기회가 없다. 매일 요리를 직접 만들고 때로는 손님용 풀코스 요리를 만드는 경우가 있지만, 만들어놓은 요리는 곧바로 먹어야하기 때문에 그림을 그리고 있을 틈이 없다. 맛있는 요리가 눈앞에 있는데 식어가는 것을 보면서 붓을 놀리는 것은 먹보인 나로서는 도저히 할 수 없는 일이다. 느긋하게 그릴 수 있는 것은 빵 정도가 아닐까.

위 〈호두와 와인〉 20.0×26.0(1994)
아래 왼쪽 〈카망베르 치즈〉 13.5×19.0(2001)
아래 오른쪽 〈양송이 A,B,C,D〉 각 12.0×12.0(1997)

HOW TO MAKE TAGLIATELLE
from Italian Regional Cooking by Simonetta Guzzi Frida

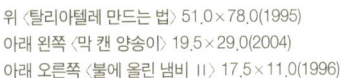

위 〈탈리아텔레 만드는 법〉 51.0×78.0(1995)
아래 왼쪽 〈막 캔 양송이〉 19.5×29.0(2004)
아래 오른쪽 〈불에 올린 냄비 II〉 17.5×11.0(1996)

바로 위의 버섯은 말을 키우는 사람이 말똥을 배합한 땅에서 키운 것으로, 친구의 소개로 입수한 것이
다. 깜짝 놀랄 만큼 맛있었다. 모습이 아름다워서 그림으로 그렸는데, 물론 다 그리고 나서 바로 먹었다.
오른쪽의 냄비 그림은 신문에 연재하는 칼럼 때문에 그린 것으로, 이 연필화 시리즈부터 내 서명이 지
금의 형태로 고정되었다.

1996년에 제작한 '눈사람' 시리즈.
그 무렵에는 지금보다 눈이 더 자
주 내렸으므로 겨울이 되면 눈사람
을 만들며 놀았다. 눈사람의 탄생
에서부터 이야기를 만들어 한 권의
그림책으로 만들어볼까 하는 생각
도 했지만, 그 기획은 그대로 중단
되었다.

위 왼쪽 〈일이 잘 안 되는 소믈리에〉 45.0×36.0 위 오른쪽 〈별이 쏟아지는 밤의 산타클로스〉 41.0×32.0
아래 왼쪽에서부터 〈눈을 치우는 눈사람〉 41.0×32.0 〈계절에 맞지 않은 할로윈〉 41.0×32.0 〈감기에 걸린 눈사람〉 41.0×32.0

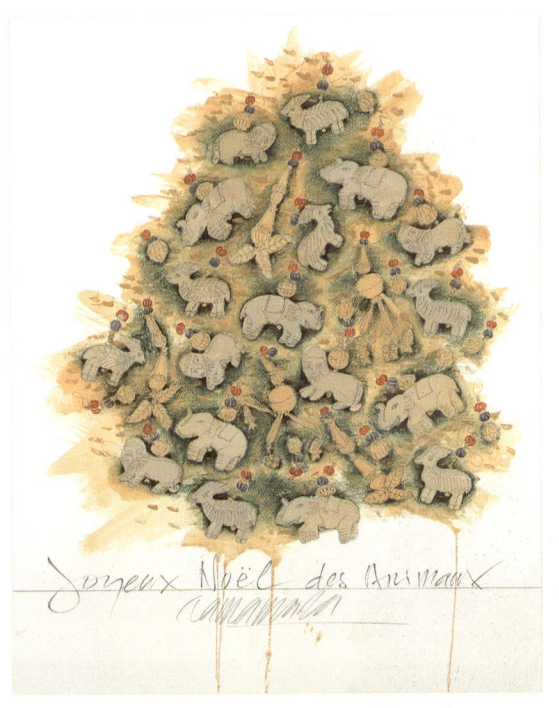

Joyeux Noël des Animaux

1996년에는 '크리스마스' 시리즈도 그렸다. 모티프로 한 동물들은 이탈리아에서 사 온 크리스마스용 장식물이다. 값싼 금속제품이지만 모양이 예뻐서 트리에 장식하려고 샀는데, 그 이후 몇 번이나 모델로 썼다. 코끼리와 양과 사자. 왜 이런 식으로 조합했는지는 알 수 없지만 앞으로도 이야기가 만들어질 것 같다.

위에서부터
〈동물들의 크리스마스〉 71.5×52.5

〈동물 숲의 크리스마스(최후의 만찬)〉
71.5×52.5

〈전사의 휴식… 12월 25일 아침, 녹초가 된 성 니콜라스는 모자를 벗자마자 곧바로 깊은 잠에 빠져들었다〉 35.5×47.7

내가 인물화를 그리지 않는 것은 모델이 되어줄 사람이 없기 때문이다. 이 그림은 프랑스 남부 아를르를 여행했을 때 찍은 사진을 보고 그린 것이다. 이런 미인 모델이 있다면 기쁠 텐데….

〈아를르의 아가씨IV〉 26,5 × 18,0(2000)

부엌에 걸려 있던 그림

프로 화가가 될 생각도 없었고 될 수 있는 것도 아니었
지만, 여전히 나는 그림 그리기에 몰두했다. 경험이 쌓인
만큼 기술도 몸에 익은 것 같았고, 꽃이나 채소를 그릴 때
본 그대로의 형태를 종이 위에 정확히 그려내는 것 정도
는 어려움 없이 할 수 있게 되었다. 잼이 든 병이나 빵 접
시를 그리느라 악전고투했던 무렵과 비교하면 장족의 발
전이었다.

그러나 본 대로 그릴 수 있게 되자 이번에는 본 대로 그리는 것이 시시해졌다. 누구나 연습만 하면 이 정도는 그릴 수 있지 않을까. 본 그대로를 재현하는 거라면 사진이 더 빠르지 않나. 애써 그림을 그릴 필요가 도대체 어디에 있단 말인가.

사치스러운 고민이라고도 할 수 있겠지만, 나는 좀 더 개성 있는 그림을 그리고 싶었다. 화가라면 자신밖에 그릴 수 없는 그림을 그려야 하지 않겠는가. 눈에 보이는 것을 그대로 그리기만 한다면 그 이상의 발전은 없다. 거기에 다른 누군가의 그림과는 다른 독자적인 세계가 있어야 할 것이다. 프로 화가를 꿈꾸는 사람들이 석고나 인체 데생부터 공부하는 것은, 보이는 것을 그대로 그리기 위한 연습이다. 그것은 누구나 거쳐야 하는 기초적인 수련일 뿐 최종적인 목표는 아니다.

피카소가 왜 피카소인가. 피카소는 소년 시절에 이미 화가였던 아버지를 뛰어넘을 만큼 사물을 있는 그대로 그려내는 기량이 탁월했다. 그것이 천재의 증거이기는 하지만, 그 정도의 천재는 세상에 넘쳐난다. 피카소가 피카소인 것은 그 후 독자적인 그림의 경지를 개척하고 미술의 역사를 초월하는 세계를 개척하여 누구도 도달할 수 없었던 영역까지 올라갔기 때문이다.

내가 이제 와서 피카소나 고흐가 될 수 있는 건 아니지만, 적어도 데생 공부를 끝낸 화가 지망생이 지향하는 다음 단계 정도까지는 이르고 싶었다. 난데없이 피카소처럼 뒤집어진 눈코나 절반쯤 빗나간 얼굴을 그릴 수는 없는 노릇이다. 둥근 호박을 사각으로 그리는 것도, 초록색 오이를 빨갛게 그리는 것도 어렵다. 오랫동안 상식적인 인간이고자 노력해온 사람이 액년을 지나고 나서 비상식적인 사람이 되는 것은 불가능하다.

그러나 어떤 화가에게도 전환점이 있다. 모두가 할 수 있는 석고 데생의 수준을 넘어, 자기 자신의 세계를 발견하고 독자적인 작품을 만들게 되는 그런 지점 말이다.

그런 생각을 하면서부터 나는 그림에 어떻게든 독자적인 선이나 새로운 방법을 더해보려고 노력했다. 보이는 대로 그대로 그리는 것이 아니라 살짝 변형해본다. 호박의 귀퉁이를 모나게 해본다거나 오이의 가시를 늘려보기도 한다. 한 필치, 한 필치 천천히 그리는 것이 아니라 옛날처럼 단숨에 긴 선을 그어 기세 좋게 구부러지게도 해본다.

이런저런 것들을 해보았지만 뭘 해도 잘되지 않았다. 보이는 대로 그렸을 때는 왜 보이는 대로 그려야 하는지 의문을 가졌지만, 보이는 대로 그리지 않으려고 하니 이번에는 왜 보이는 대로 그리면 안 되는 것인지 의문이 생겨난다.

길이 20센티미터의 오이를 앞에 두고 그리면 자로 재지 않아도 좋이 위에 그린 오이의 길이는 20센티미터이다. 이제 그 정도의 일은 할 수 있게 되었다. 하지만 그렇게 그리면 시시하니까 윤곽을 조금 구부리면서 기세 좋게 선을 그어 23센티미터로 그려본다. 그렇게 하면 조금은 재미있는 그림이 되지 않을까 해서다. 그러나 그렇게 그린 23센티미터의 구부러진 오이를 보고 있으면 왜 나는 이 선을 구부렸을까, 이렇게 구부리는 것이 과연 유일무이한 방식일까. 다른 식으로 구부릴 수도 있지 않을까. 실제보다 더욱 길게 그린다고 해도 왜 22센티미터가 아니라 23센티미터인가… 하는 의문들이 차례로 솟아난다.

그렇게 자의적으로 그림을 그려도 되는 것일까. 그것이 근본적인 의문이었다.

변형시킨 그림은 재미있다기보다는 약아빠진 것 같다는 느낌을 주었다. 게다가 부자연스럽고 자의적이다. 내가 시도했으면서도 나는 그것을 용서할 수 없었다. 뭔가 다른 효과를 기대하는 마음으로 일부러 변형했기 때문이다. 아무 생각도 하지 않고 그렸는데 그 결과 독자적인 변형을 이루었다면 그것은 자의성을 넘어선 필연이고, 따라서 약아빠졌다는 인상을 주지는 않을 것이다.

'에이, 그만두자.' 라고 생각했다. 눈앞에 있는 것을 순순히 보이는 그대로 그리면 된다. 나는 그것밖에 할 수 없으니 말이다. 체념일 수도 있지만 어찌 보면 새로운 인식이기도 했다.

개성은 의식적으로 찾는 곳에는 나타나지 않는다. 나는 개성적인 그림을 그리고 싶었지만, 원한다고 해서 그렇게 그릴 수 있는 것은 아니었다.

예컨대 수련을 쌓아온 프로 화가 열 명이 있다고 하자. 그런 그들을 한 장소에 모아놓고 똑같은 오이를 그리게 하면 어떻게 될까. 같은 각도와 같은 광선에서 같은 종이에 같은 연필로 정확히 오이를 그리게 한다. 석고 데생과 마찬가지로 본 대로 그리도록 한다. 완성된 열 점의 그림은 과연 같을까?

그들은 당연히 20센티미터의 오이를 정확히 20센티미터로 그릴 것이다. 빛이 닿는 방식도 그림자가 생기는 모습도 실제와 조금도 다르지 않게, 정확하게 그려낸다. 같은 시점에서 본 오이라면 열 점 모두 같은 모양으로 그려졌을 것이다.

그러나 완성된 작품은 제각각 다를 것이다. 그림 세부

의 길이나 각도를 자나 분도기로 재면 완전히 똑같다고 해도 연필선의 미묘한 두께, 종이에 연필을 대는 각도, 그 밖의 다른 이유들로 완성된 그림은 각양각색이 될 것이다.

사진도 마찬가지다. 사물을 보이는 대로 찍는 사진조차 같은 카메라로 같은 노출로 같은 대상을 찍어도, 찍는 사람에 따라 사진은 달라진다. 프로일수록 그렇다.

그 차이가 개성일 것이다.

그렇다면 개성이란 일종의 개인적인 버릇 같은 것이 아닐까. 고개를 갸웃할 때의 각도나 손을 들 때의 몸짓이나 차를 마실 때 찻잔을 드는 손의 모양 등 누구에게나 있는 버릇 같은 것. 숨기려고 해도 숨길 수 없는, 고치려고 해도 고쳐지지 않는, 어떻게 해볼 수도 없는 그 사람 고유의 어떤 것. 다른 사람과 다른 뭔가를 일부러 표현하려고 하거나 타인과의 차이를 보여주겠다며 애써 찾아도 결코 얻어지지 않는 것.

그렇게 생각하고 나는 나 자신을 이해시키려고 했다.

1989년 첫 개인전을 열고 난 후 1991년에 현재의 장소에 집을 신축하여 이사했다. 그림은 계속 그렸지만 황무지를 개간하고 밭일을 시작했으므로, 아틀리에가 생겼어도 집 안에 있는 시간은 적어졌다.

그 무렵에는 체력이 완전히 회복되었다. 아직 간염 바이러스는 체내에 남아 있었지만 술도 조금은 마실 수 있게 되었고, 힘을 쓰는 일을 해도 예전처럼 심하게 지치지는 않았으며 조금씩 농사꾼다운 근육도 붙었다.

아침 일찍 일어나게 된 것도 이때부터다. 2년째부터는 다소 여유가 생겨 집 주변의 잡목림에서 꺾어 온 꽃이나 우리 밭에서 재배한 채소를 아침 햇빛 속에서 그리기 시작했다.

꽃집에서 파는 꽃은 어느 것이나 똑같이 예쁘지만, 들에 피는 꽃들은 제각기 다르다. 꽃잎이 들러붙어 있거나 꽃잎의 숫자가 제각각이거나, 식물도감에 있는 것과는 다른 것이 많다.

채소는 더욱 변화무쌍하다. 시장에서 팔리는 채소는 색이나 크기의 규격을 통과한 것들이므로 어느 것이나 똑같아 보인다. 그러나 우리가 밭에서 키운 채소들은 모양이 고르지 않고 크기도 제각각이다. 구부러지거나 찌부러지거나 망가지는 등 여러 가지 것들이 생긴다.

그런 채소는 농협에 출하할 수 없기 때문에 보통 버리거나 집에서 먹겠지만, 나에게는 오히려 그런 것들이 재미

있는 그림의 모델이 되어준다. 두 개가 하나로 들러붙어버린 토마토, 무당벌레가 먹어버려 그물 모양이 생긴 가지, 망에 걸려 구부러진 오이 등 모두 슈퍼마켓이나 채소가게에서는 절대로 팔지 않는 못난이들이다.

이야기는 간단하다.

재미있는 그림을 그리기 위해 일부러 종이 위에서 오이를 구부릴 필요가 없었던 것이다.

나는 그저 자연이 만들어내는 신기한 조형을 그대로, 보이는 대로 그리면 되는 것이다. 오이는 자신의 의지로(오이에게 의지가 있다고 한다면) 개성 있게 보이려고 구부러진 것이 아니라 불가항력으로 어쩔 수 없이 그런 모양이 되었다. 바로 그렇기에 자연이고, 손톱만큼의 약삭빠름도 없이 그 존재는 그대로 지극히 개성적인 것이다.

나는 농사일을 하다가 재미있는 모양의 채소를 발견하면 몹시 반가워서 그것을 곧바로 따서 아틀리에로 가져간다. 생각했던 모양으로 채소를 키워낼 수 없는 초보 농사꾼의 밭은, 보이는 대로밖에 그릴 수 없는 아마추어 화가에게는 훌륭한 모델의 보고인 셈이다.

그 무렵 나는 거의 수채화밖에 그리지 않았다.

가끔은 겨우내 말라비틀어진 과일 등을 유화로 그리기도 하지만, 여름에서 가을에 걸친 농번기에는 아침 시간을 이용하여 수채화를 그린다. 농사일이 바쁘기 때문에 유화물감이 마르는 것을 기다리고 있을 틈이 없는 것이다. 그 점에서 수채화는 바로 마르기 때문에 편리하다. 꺾어 온 꽃이나 채소는 순식간에 시들거나 생기를 잃어버리기 때문에 재빨리 그려야 한다.

또한 수채화를 그리게 되고 나서부터 나는 정물을 그려도 배경은 칠하지 않고 여백 그대로 남겼다.

유화의 경우는, 예컨대 꽃병에 꽂은 꽃을 그릴 때는 그 꽃병이 올려져 있는 탁자의 평면 또는 탁자 앞쪽 모서리의 선까지 그리고, 배경도 벽이나 커튼 같은 것까지 그리든가, 특별히 그리지 않는다고 해도 배경의 전면을 색칠하는 것이 보통이다. 즉, 꽃과 꽃병의 주위 사물이나 공간에 대한 위치 관계를 명시하는 것이다.

일본화의 경우는 약간 다르다. 물론 배경의 전면을 칠하는 그림도 있지만, 특별히 배경을 그리지 않고 여백 그대로 남겨두는 그림도 많다.

그 무렵 일본화에 관한 이야기를 쓴 책을 읽고 있었는데 재미있는 사실을 알게 되었다.

일본의 그림은 서양의 근대회화가 개발한 원근법이나 입체적으로 음영을 넣는 방식과는 무관한 독자적인 길을 걸어왔다.

예를 들어 사과 하나가 탁자 위에 놓여 있고 왼쪽 위에서 비스듬히 빛이 비추고 있다면, 서양의 화법이라면 탁자 위에 어두운 그림자가 오른쪽 아래로 비스듬히 깔려 있는 모습을 그리고, 또 사과의 아랫부분과 그 아랫부분이 탁자에 닿는 부분에도 어두운 그림자를 덧그린다. 그러나 일본화에서는 사과 자체에 음영을 넣지 않아도 된다. 평면적으로 전체를 같은 밝기로 그려도 되는 것이다. 해가 비쳐서 생기는 음영 역시 그리지 않아도 된다.

물론 일본의 화법에서도 사과 근처에 거무스름한 음영 같은 것을 그리는 경우가 있다. 그러나 그것은 물체에 의해 생기는 물리적인 음영이라기보다는 이른바 심리적인 음영이라고 할 수 있다. 일본화에서는 이를 '구마隈'[5]라고 부른다.

가부키 연기자가 얼굴에 그리는 '구마도리隈取り'[6]의 구마와 같은 뜻이다. 눈 밑에 구마(기미)가 생겼다고도 하므로 구마라는 것은 거무스름한 색을 나타내는 말임이 틀림없지만, 물리적인 음영이

---

5) 원근이나 요철을 나타내기 위해 색이 바림된 곳.
6) 가부키에서 배우의 얼굴 표정을 과장해서 분장할 때 청색, 홍색 등의 선을 그리는 일.

아니라 심리적인 음영이라는 것이 흥미롭다.

나는 이런 사실을 알고 난 후 상당히 마음이 편해졌다.

처음에는 탁자도 배경도 가능한 한 모두 그리려고 했는데, 얼마 지나지 않아 주위와 대상의 관계를 나타내는 것이 귀찮아진 것이다. 그 때문에 유화를 그릴 때도 대상의 주위를 바림하거나 배경도 색깔만 칠하거나 하는 식으로 그 부분을 피해 가려고 했다. 수채화의 경우는 말할 것도 없다. 큰 면적을 균일하게 칠하는 것이 기술적으로 어렵기도 해서 여백을 그대로 남기게 된 것인데, 왜 그렇게 하는지 나로서도 설명할 수가 없다.

그림은 자유롭게 그리면 되는 것이므로 굳이 설명할 필요는 없겠지만, 그런 화법이 있다는 것을 알고 마음이 편해졌다. 나는 식물화 같기도 하고 일본화 같기도 하지만 또 그 어느 것도 아닌 것 같은, 연필과 수채화 물감만으로 마음대로 그리는 나의 방식도 나쁘지 않다고 생각했다. 그렇게 정리하면서부터는 쓸데없는 고민을 하지 않고 눈앞의 대상에만 마음을 집중할 수 있게 되었다.

갤러리아 프로바의 스즈키 히로키鈴木洋樹 씨가 처음으

로 연락해 온 것이 언제쯤이었는지 정확히 기억나지는 않지만, 아마 전화인가 편지를 하고 나서 상당한 시간이 흐른 뒤에야 우리 집으로 찾아왔을 것이다.

스즈키 히로키 씨는 화가 야마가타 히로미치山形博導를 일본에 소개하면서 일약 유명해진 젊은 화상이다. 그는 구태의연한 일본의 아트비즈니스 업계에 새로운 바람을 일으키려는 이단아이기도 하고, 항간에는 약간의 부정적인 이미지도 있었던 듯한데 실제로 만나보니 진지하고 정열적이고 표리부동하고 솔직한 사람이라는 것을 금방 알 수 있었다.

처음에 스즈키 씨는 하라 화랑에서 개최한 나의 개인전을 소개한 잡지 기사를 봤다며 연락해왔다. 아마 잡지 〈크로와상〉이었다고 생각하는데, 집필자와 출판사의 친분으로 개인전을 알리는 짤막한 기사를 권말에 실어 주었고 거기에 그림 사진이 조그맣게 들어갔던 것이다. 그 그림은 내가 난생 처음으로 사과를 그린 그 수채화였다.

시대의 총아로서 매스컴에서도 크게 다루어지고 있는 화상이 왜 나에게 접촉해온 것일까. 잡지에 실린 그림을 보고 이야기를 하고 싶다고 해온 이상 그림에 관한 일 이야기일 것이라고 생각했는데, 처음 연락을 하고 나서 반년 이상이나 연락이 없었으므로 일시적인 생각이었을 거라며 잊어버리고 있었다. 그러다 갑작스레 찾아온 것이었고, 그의 요청은 단도직입적이었다.

그때 부엌 벽에 세 점의 그림이 걸려 있었다. 배경을 여백 그대로 남긴 토마토, 오이, 가지 그림이었다. 연필에 수채화 물감과 템페라를 같이 쓴, 반년쯤 전에 그린 작품이었다. 현관을 지나 남쪽에 있는 손님용 공간으로 가는 도중에 스즈키 씨는 그것을 발견하자 재빨리,

"이걸 판화로 해봅시다, 이런 그림이 탐났거든요."

하며 곧바로 본론으로 들어갔고, 갤러리아 프로바와 계약하여 프로 화가가 되지 않겠느냐는 말을 꺼냈다.

할당된 양은 없지만 연간 상당한 수의 작품을 제작하고, 프로바가 발행처가 되어 그 일부를 판화로 만들고 원화와 함께 판매하는 것이다. 또한, 갤러리아 프로바가 본거지로 삼고 있는 메지로目白의 포시즌스 호텔 진잔소椿山莊 도쿄의 화랑에서 매년 개인전을 여는 것 외에 전국 각지의 백화점에서 순회 전시회도 한다는 독점계약을 하자는 제안이었다.

이 계약은 그 후 12년간 계속된다. 스즈키 히로키 씨를 파트너로 한 화가로서의 내 활동이 시작된 것이다.

나도 그릴 수 있다

갤러리아 프로바와 계약한 나는 1994년 11월 포시즌스 호텔에서 처음으로 본격적인 개인전을 열었다. 프로 화가로 데뷔한 것이다. 스스로 프로라고 말하는 것은 쑥스럽지만 화랑과 전속계약을 하여 정기적으로 작품을 발표한다면 프로라고 할 수밖에 없다. 오히려 진짜 프로 화가 중에서도 이렇게 안정된 환경에서 제작에 집중할 수 있는 사람은 그리 많지 않을 것이다. 나 같은 경우는 글쟁이의 여기余技라는 특별한 경우였다고 해도, 출발부터 이 정도의 행운을 누린 것에 감사하지 않으면 안 된다.

도부마치에 새로운 집을 짓는 1년 동안 우리 부부는 미요타의 무라타 유리 씨의 집 별채에 임시 거처를 마련했다. 거기에서 도부마치의 현장까지 다니면서 건축에 관한 세세한 지시를 하며 공사를 진행했다. 공사는 몹시 더디게 진행되었고, 완성은 당초 예정보다 반년이나 늦어졌다. 도저히 기다릴 수 없었던 우리는 아직 공사 중인 집의 방 한 칸에서라도 살게 해달라고 하여 건축 중인 집으로 들어갔고, 시공자로서 공사 현장을 감독하며 밭을 개간했다. 그림 그리는 일을 그만두지는 않았지만, 그래서 이 시기에는 작품 수가 적다. 신축한 집에는 아틀리에를 만들었다. 그 새로운 아틀리에에서 토마토, 오이, 가지 그림을 그려 부엌에 걸어두었던 것이다. 그러나 아틀리에가 본격적으로 도움이 된 것은 프로바와 계약한 이후다.

게다가 그린 작품을 판다는 것은 새로운 작품을 계속 그리지 않으면 안 된다는 것을 의미한다. 나에게는 아직 프로로서의 자각이나 기술이 없었고, 과연 1년에 몇 점 정도의 작품을 그릴 수 있을지 짐작도 할 수 없었다. 그러나 이제 나도 직업적으로 그림을 그릴 수 있게 되었다고 생각하자, 도락을 위해 넓은 아틀리에를 만든 부끄러운 마음도 가시고 다소 자랑스러운 기분이 들었다.

특히 판화 제작은 내가 바라는 바였다.

내가 아는 화가 중에는 정기적으로 자기 작품을 판화로 만들어 배포하는 사람이 있다. 또 펜과 수채화 물감으로 풍경이나 인물을 그리는 또 다른 화가 친구는 가끔 판화만을 전시하는 전시회 안내장을 보내왔다. 그래서 나도 사실 스즈키 씨가 연락을 해오기 얼마 전에 판화를 만들어줄 공방을 소개해달라고 그 친구에게 부탁해놓은 참이었다. 하라 화랑에서 개인전을 연 지 몇 년쯤 지나자, 원화를 파는 것에 대해서는 아직 결정을 내리지 못하기도 했지만, 내 그림을 판화로 만들어 많은 사람들이 소유할 수 있도록 하는 것은 기쁜 일이라고 생각하게 되었다.

여기서 말하는 판화는, 동판화가가 직접 동판에 선을 새기거나 약품을 써서 부식시켜 판을 만들거나 석판화나 실크스크린 같은 기법을 이용하여 판화가가 직접 작품을 제작하는 판화가 아니라, 원화를 그린 화가와는 다른 판화 공방의 기술자가 그 원화를 기초로 하여 제작하는, 이른바 복제판화를 말한다.

판화가가 직접 제작하는 판화는 원판을 종이에 인쇄한

것만이 작품이고 원화 자체는 존재하지 않는다. 동판 위에 새겨진 흔적이나 석판 위에 그려진 그림, 색별로 다른 목판 등 그림의 기초가 되는 것은 존재하지만, 종이에 거꾸로 인쇄된 작품과 동일한 도안의 원화는 존재하지 않는다.

그에 비해 복제판화라는 것은 유화, 수채화, 일본화 등 다양한 매체로 그려진 원화를 숙련된 기술자가 그대로 복제하여 만드는 판화를 말한다. 기법으로는 리소그래프(석판화), 실크스크린, 최근에는 지클레Giclee라 불리는 잉크제트 방식의 디지털 기술 등이 이용되는데, 모두 종이에 잉크로 인쇄된다.

복제판화는 원래 여러 장을 인쇄하여 널리 배포하기 위해 만드는 것인데, 판화가가 직접 제작하는 오리지널보다 가치가 떨어지는 것으로 생각되어 프랑스에서는 직접 제작하는 판화를 '그라뷔르gravure', 복제판화를 '에스탕프estampe'라고 부르며 구별한다. 그런데 판화가가 제작한 판화도 종이에 인쇄한다는 점에서는 같기 때문에 영어로는 둘 다 '프린트'라는, 너무 노골적이어서 정취라고는 찾아볼 수 없는 명칭이 되었다.

그림이라는 것은 일상생활 안에 놓여 감상하는 것이라고 생각하기 때문에, 내 그림도 원화를 가지고 복제판화를 만들어 판매하고 많은 사람들이 그것을 소유하는 것이 더 의미 있는 일이라고 생각한다.

원화는 한 사람밖에 소유할 수 없지만, 복제하면 백 명, 2백 명의 사람들이 원화와 똑같은 그림을 판화로 소유할 수 있는 것이다. 특히 최신 IT기술인 지클레(디지털 복제판화)를 이용하면 원화와 판화를 구별하기 힘들 정도로 재현성이 높아져, 이 세상에 한 점밖에 없는 것을 갖고 있다는 만족감을 제외하면 일상적으로 감상할 때는 거의 차이를 느낄 수 없다.

지금 생각해봐도, 스즈키 씨가 집으로 찾아왔을 때 내 그림이 어느 정도 수준에 있는 것인지, 그가 얼마나 명확한 생각을 갖고 있었는지는 확실하지 않다. 이제 그림을 그리는 일에서 느꼈던 망설임이나 의문은 가셨지만, 과연 나는 내 그림을 팔 각오를 하고 있었을까.

그림이 잘 그려졌을 때는 우선 아틀리에의 이젤에 그림을 올려놓고 느긋하게 바라본다. 밤이 되면 한 손에 와인 글라스를 들고 좋아하는 음악을 들으면서 바라보기도 한다. '됐어, 좋은 그림이야. 잘 그려졌어.' 입 밖으로 내지는 않지만 스스로 칭찬하고 만족해한다. 특별히 마음에 들 때는 액자에 넣기도 한다.

그러나 신축한 집으로 이사하고 나서는 초기에 그렸던 유화를 서재 벽에 건 것 외에는 이전처럼 온 집 안의 벽에 내 작품을 걸지는 않았다. 친구인 프로 화가가 신축을 축하한다며 보내온 그림이 이미 많은 면적을 차지하고 있어 내 작품을 걸 공간이 없기도 했지만, 그런 데에도 뭔가 심경의 변화가 영향을 미쳤는지도 모른다.

따라서 부엌 벽에 토마토, 오이, 가지 그림을 걸었던 것은 오히려 예외적인 일이었다. 그것은 여백을 남기고 대상만을 중심에 그리는 방식을 나 자신이 납득하기 시작했다는 의미에서 이 작품들이 나의 새로운 출발점이 된 것 같았기 때문이다. 복제판화를 만들고 싶다는 생각이 든 것도 이 세 점의 그림을 그리고 나서일 것이다.

원화를 파는 것에 대해서는, 그렇게 혼자 아틀리에에서 실컷 감상을 한 뒤라면 내 곁을 떠나도 괜찮겠다는 정도의 생각이었다. 스즈키 씨는,

"물론 원화도 팔게 해주세요. 한 점밖에 없는 오리지널이라는 것은 귀중한 거라서 원화가 아니라면 갖고 싶지 않다는 분도 많으니까요."

하고 말했는데, 나로서는 판화가 팔리면 더 비싼 원화는 팔리지 않고 남을 테니, 그건 또 그것대로 원화가 곁에 남는다는 의미에서 나쁘지 않다고 생각하는 마음도 솔직히 있었던 것 같다.

그렇기는 하지만, 포시즌스 호텔에서 열린 첫 개인전 때의 인사말에서 나는, 신인화가를 격려하는 가장 좋은 방법은 잠자코 그의 그림 한 점을 사주는 일이라는, 어떤 책에서 읽은 문구를 인용했던 것 같다. 그때는 이미 도마 위의 생선 같은 심경이었을 것이다.

프로로서 첫선을 보인 개인전은 성황리에 끝났다. 전시한 원화도 다 팔렸다.

판화의 인기도 더할 나위 없이 좋았고, 그 후에도 차례로 신작이 발표되었다.

이리하여 스즈키 히로키 씨의 열의에 넘치는 추진력과 갤러리아 프로바의 유능한 스태프의 지원으로 내 작품은 엄청나게 많은 사람들의 눈에 닿게 되었다.

그 후 10년이 넘도록 나는 매년 백 점에 가까운 그림을 그렸다. 제작한 판화의 종류도 백 점이 넘었다. 당시 갤러리아 프로바는 여러 명의 인기 화가를 보유하고 있었다. 나는 그 맨 뒤꽁무니에서 달리는 사람이었는데, 계속 달리다 보니 자세는 점차 안정되어가는 것 같았다.

백화점에서 열린 개인전이나 사인회도 흥미로운 경험

이었다.

매년 몇 차례 도쿄를 중심으로 전국 각 도시의 백화점에서 원화와 판화의 전시판매회를 개최하고 사인회나 토크쇼를 하는 활동은 지금도 하고 있다. 처음에는 익숙하지 않은 탓에 수많은 방문객이 무척 당황스러웠다. 물론 내 그림을 보러 일부러 찾아준 사람들이었으므로 반응은 호의적이었다. 제각기 그림을 본 감상을 들려주거나 이전부터 내 책을 읽거나 그림을 봐왔다는 말을 해주었다.

그것은 좋았지만 난처한 것은,

"이런 그림은 그리는 데 얼마나 걸립니까?"

하고 물어오는 사람이다.

"예컨대 저 코스모스꽃 그림 같은 것은…."

그 사람이 손으로 가리킨 곳에 걸린 코스모스 그림에는 가격표가 붙어 있다. 판화는 비교적 구입하기 어렵지 않은 가격이지만 원화는 상당히 고액이다. 구체적으로 물어오면 순간적으로 답변이 궁해진다.

그 그림에 30만 엔이라는 가격표가 붙어 있고, 여기서 만약 내가,

"세 시간 정도일까요."

라고 대답한다면 아마 그 사람은,

"우와, 한 시간에 10만 엔이구나… (괜찮은 장사네)."

하고 생각할 것이다. 아니, 그림 전시회에 오는 사람 중에는 그렇게 비루한 사람이 없을지 모르지만, 나 자신이 비루하기 때문에 그만 그렇게 생각하고 만다.

"글쎄요, 정확히 기억나지는 않습니다만… 당연히 큰 그림은 시간이 많이 걸리고, 작은 그림은 빨리 끝나기는 하는데, 으음, 저 그림은 어땠는지…."

하는 식으로 잠시 허둥지둥한 다음,

"작아도 애를 먹을 때가 있고, 커도 빨리 그릴 때가 있으니까, 시간이 어느 정도 걸렸는지는 일률적으로 말할 수 없을 것 같네요."

하고 땀을 삐질삐질 흘리면서 발뺌한다. 내가 생각해도 정말 한심한 대응이 아닐 수 없다.

물론 작품의 솜씨나 가격, 그리고 그것을 그리는 데 걸린 시간은 서로 아무 관계가 없다는 것은 말할 것도 없다. 오히려 잘 그려지지 않아 고심한 작품이나 끝내야 할 시간을 맞추지 못하고 질질 끌게 된 작품 등 시간이 지나치게 많이 걸린 그림 중에는 그다지 좋지 않은 것이 많다.

제작에 걸리는 시간은 경험을 쌓아가면서 점차 줄어들었다. 일률적으로 말할 수는 없지만, 매일 10시간씩 일주일 넘게 그린 대작도 있고, 두세 시간 만에 완성한 그림도 있다. 중간 사이즈 정도의 그림이라면 어떨까, 집중한 시간만을 헤아려도 8시간에서 10시간쯤 되려나. 그래도 일 수로 계산하면 이틀이다. 그래서 수십만 엔이라는 말을 듣고 수지에 맞는 장사라고 생각해도 어쩔 수 없는 일이고 작가로서는 뭐라고 말할 수가 없다.

"책을 쓰는 것과 그림을 그리는 것 중에서 어떤 게 더 수입이 좋습니까?"

하고 대놓고 물어오는 사람도 있었다. 쓴 책이 순식간에 백만 부 넘게 나가는 베스트셀러가 된다거나 간단히 동그라미나 삼각형을 그렸을 뿐인 그림이 백만 엔에 팔리는 그런 정도의 거물이라면 이야기는 달라지겠지만, 내 수준에서는 어느 것이나 불로소득과는 거리가 꽤 멀다.

백화점의 사인회에는 다양한 사람들이 찾아온다. 쇼핑하러 왔다가 우연히 전시회장 앞을 지나게 되어, 특별히 흥미는 없으나 들어와봤다는 사람도 많다. 또는 이날을 손꼽아 기다렸다가 일부러 멀리에서 찾아왔다는 사람도 있다.

그림을 보고 여러 가지 질문을 하는 사람이 있다.

저 그림은 무슨 꽃인가요?

저 채소는 어떻게 먹는 거예요?

나 같은 경우, 그리는 제재가 제재인 만큼 직접 그림과 관계없는 질문을 해오는 사람도 많은데, 역시 가장 자주 듣는 것은 그림 그리는 방법에 관한 질문이다.

종이는 어떤 걸 쓰시나요?

연필 두께는 B 몇인가요?

수채화 물감의 메이커는 어디인가요?

이런 종류의 질문은 프로 화가의 전시회에서는 아마 할 수 없으리라. 똑같은 질문을, 예컨대 히라야마 이쿠오(平山郁夫, 1930~2009)[7] 선생님의 개인전에서 화가에게 직접 묻는 대담한 사람이 있을까.

나에게 그런 질문을 하는 사람은 반드시,

"저도 수채화를 그리거든요."

하고 덧붙인다. 초등학생도 사용하는 수채화 물감과 연필로 주위에 널린 꽃이나 채소를 그리는, 알기 쉬운 내 그림을 보러 오는 사람 중에는 그림을 그리는 사람이 많은 것 같다.

---

7) 현대 일본 화단의 최고 화가로, 그의 작품 가격은 현격하게 비싸다. 일본에서 이 책이 나오고 2년 후에 세상을 떠났다.

그것을 생각하면, 그리는 데 몇 시간 걸리느냐는 질문도 화가의 시급時給을 묻는 것이 아니라 자신의 경우와 비교하여 순수하게 소요시간을 묻는 것인지도 모른다. 백화점에서 개인전을 열 정도의 화가가 되려면 어느 정도의 능률이 필요한가 궁금해서.

정말로,

"실은, 저도 그림을 그리거든요."

"저도 예술대학을 졸업했거든요."

라고, 묻지도 않은 말을 해오는 사람이 지겨울 정도로 많다.

그중에는,

"선생님의 그림을 보고 저도 그려보고 싶어졌습니다."

라고 하는 사람도 있었는데, 처음에는 그럴 때 선생님이라고 부르는 것이 일부러 빈정대는 게 아닐까 하는 생각도 했다. 그런데 악의가 없는 것 같았다. 그저 솔직하게 내 그림을 보다가 자신도 그림이 그리고 싶어졌다는 감상을 말한 것일 뿐이리라.

당연한 일이기는 하지만, 그렇게 물으면 나는 '그 정도로 내 그림이 서툰 것인가, 이 정도라면 나도 그릴 수 있다고 생각할 정도로 아마추어 같은 그림인 것일까' 하고 다소 침울해진다.

개인전에 찾아오는 손님에게 그런 말을 듣는 것은 그래도 나은 편이다. 어느 백화점에서는 전시회를 진행하는 측의 책임자인 미술부 사람에게 이런 말을 들은 적도 있다.

"야 이거, 사실 저도 예술대학을 나와서 선생님처럼 시간만 있다면 느긋하게 그림이나 그리고 싶거든요."

이 말에는 좀 화가 났다. 나도 한가해서 그리는 게 아니라고 말해주고 싶었으나, 그럴 때 강하게 나서지 못하는 성격이라 나는 애매한 웃음을 띤 채 잠자코 이 무례한 사내의 얼굴을 쳐다보았다. 그러나 한가하니까 그리는 것이 맞기는 하다는 생각을 하고 마는 것이 나의 약점이다.

이런 반응에도 꽤 익숙해졌다. 지금은 그럴 때면,

"아, 그런가요? 꼭 그리게 되면 좋겠네요. 즐거우니까요."

라고, 씁쓸한 마음을 담지 않고도 말할 수 있다. 자신과 인연이 없는 대단한 재능을 우러러보는 미술 감상도 좋지만, 누구라도 그릴 수 있을 것 같고 부담 없이 해보고 싶게 만드는 친근감이 있는 그림을 보고 자극을 받을 수 있다면 그 또한 좋은 일 아닌가. 그런 그림을 그려 전시회를 여는, 아마추어가 그대로 프로 화가가 된 경우도 그리 많지는 않을 거라고 생각하게 되었기 때문이다.

제4장
화가의 아들

말의 발에 난 털

초등학교에 들어가 처음으로 그린 그림은 어떤 구도였을
까? 과제에 맞춰 그린 것인지 어떤 것인지는 잘 기억나지
않는다. 아마 그리고 싶은 것을 그리라고 해서 그린 것이리
라. 지평선으로 떠오르는 해를 그린 평범한 그림이었다.

잘 기억나지 않는데도 평범했다고 하는 것은, 주변 사
람들이 그렇게 말했기 때문이다. 나는 화가의 아들이어서
입학하기 전부터 마치 신동이라도 되는 것처럼 주위의 기

대가 무척 높았다. 그런데 "이게 뭐야, 이런 그림을 그리다니." 하고 어머니가 말했고, 선생님도 그럴 리가 없다는 반응을 보이셨던 걸 기억한다. 어린 마음에도 그 실망감이 느껴졌다.

나는 압박감에 약했던 것 같다. 두 번째로 그린 말 그림은 좋은 평가를 얻었다. 왜 갑자기 말을 그린 것일까. 다 같이 목장으로 그림을 그리러 갔는지도 모르지만, 화면 가득 그린 말의 발에 난 털이 대단하다는 평이었다.

말의 발 아래쪽과 발굽 뒤쪽 바로 위에는 털이 나 있었다. 나는 그 털 몇 가락을 길고 힘차게 그렸던 것이다. 말의 모습 자체도 힘이 있어 보여 좋지만, 그런 곳에 털이 나 있다는 걸 보통 아이들은 알아채지 못하는데 과연 훌륭한 관찰력이라는 칭찬을 받고 나는 명예를 회복했다.

초등학교에 들어가기 전부터 내 오른손 집게손가락에는 연필로 인한 굳은살이 박혀 있었다. 도요오는 그림만 그리고 있으면 얌전하다, 뭘 하고 있는가 하고 보면 그림을 그리고 있다는 말을 들은 것 같다. 내버려두면 그림만 그리는 그런 아이였던 모양이다.

나는 그 당시 굳은살이 박힐 정도로 연필을 꼭 쥐고 대체 어떤 그림을 그렸을까. 해가 뜨는 광경이나 말 그림을 포함하여 초등학교나 중학교 때 그린 그림은 남아 있지 않다. 고등학교 때 그린 그림도 내 수중에는 없다. 어렸을 때의 추억이 남아 있는 물건들은 어쩌면 대학에 들어갈 때까지는 본가에 있었는지 모르지만 그 후 이사하면서 흩어져버렸다.

유일하게 남아 있는 것은 초등학교 4학년과 5학년 설 연휴 때 쓴 일기다. 자유 과제로 학교에 제출한 것 같은데, 페이지마다 선생님이 빨간색 펜으로 동그라미를 한 개 또는 여러 개씩 그려놓았다.

이 일기는 근사한 그림일기장에 그려져 있다. 종이는 도화지이며 윗부분은 공백이고 아랫부분은 글을 쓸 수 있도록 줄이 쳐져 있다. 도화지를 묶은 전체 두께는 1센티미터가 넘고, 표지는 연지색의 벨벳 천이다. 그 장정이나 머리글을 보면, 이것은 어린이용 그림일기장이 아니라 아티스트나 아티스트인 척하는 어른을 위한 세련된 선물용으로 만들어진 것인 듯하다.

머리글에는 '당신의 일상생활에서 자연스럽게 생겨나는 이미지를 스케치나 데생, 글, 시가로 표현할 수 있고, 즐거운 추억의 기록을 담을 수 있는 그림일기장입니다'라고 적혀 있다.

이 그림일기장은 어머니가 준 선물이었다. 아니, 어쩌

면 누군가에게서 받은 것을 어머니가 나에게 주신 것인지도 모른다. 그 무렵의 일은 기억이 정확하지 않지만, 그때 나의 두 손에 전해진 묵직한 느낌의 감촉과, 비싼 거니까 소중하게 쓰라고 했던 말이 어렴풋이 기억나는 것 같기도 하다. 아마 이때 그림일기장과 함께 보나르 보겐이라는 상표의 파스텔 세트도 함께 받았을 것이다. 그래서 그림일기의 그림이 파스텔화가 된 것이다.

내가 초등학교 4학년이 된 것은 1955년(쇼와 30)이다. 화가였던 아버지는 내가 초등학교에 들어가기 한 해 전에 세상을 떠났다. 그때부터 외지로 일하러 나간 형들이 보내준 돈으로 살아야 하는 빠듯한 생활이 시작되었는데, 아버지가 세상을 떠난 후 몇 년간은 특히 가난한 시기였다. 그 와중에서도 어머니나 형들 중 한 명이 무엇보다도 그림을 좋아하는 막내인 나에게 큰맘을 먹고 선물을 한 것인지, 아니면 아버지가 돌아가신 후에도 연락이 닿았던 후원자 중 누군가가 준 것인지는 확실하지 않다. 아무튼 가난한 중에서도 나는 주위 사람들의 따뜻한 애정에 둘러싸여 좋아하는 그림을 마음껏 그릴 수 있었다.

다마무라 호쿠토에 대하여

아버지에 대해서는 단편적인 기억밖에 남아 있지 않다.

아버지의 화실로 쓰였던 아틀리에는 커다란 응접실에서 한 단 내려간 곳에 있었다. 내가 그곳을 기억하는 것은, 아버지가 돌아가신 후에 형 중의 한 명이 그곳을 개조하여 살게 된 후의 일일 뿐, 생전의 아버지가 그곳에서 그림을 그리는 모습을 본 일이 있었는지는 기억나지 않는다.

본명은 다마무라 젠노스케玉村善之助이나 화가가 되어

호쿠토玉村方久斗라고 불린 아버지는 1893년(메이지 26) 교토 신쿄고
쿠新京極에서 게다와 옷감을 거래하는 도매점 '다마이치玉一' 집안
에서 태어났다. 어렸을 때부터 그림을 잘 그려, 야마토에大和繪[8]의
인쇄물을 사서 옷장에 넣어두고 모사하는 것으로 용돈을 벌었다고
한다.

어머니는 1901년(메이지 34) 요코하마 혼모쿠本牧의 가난한 집에
서 태어났는데, '혼모쿠 미녀'로 불린 미모에 첫눈에 반한 유복한
무역상과 사랑의 도피를 한 끝에 결혼했다. 그러나 10년도 지나지
않아 사별하고 세 명의 남자아이를 안고 나의 아버지 호쿠토와 맞
선을 본다. 어머니는 아버지와의 사이에서도 다섯 명의 남자아이
를 낳는데 그중 다섯 번째, 모두 여덟 명의 형제 중에서 막내가 바
로 나다.

나의 아버지에 관한 지식은 아버지가 돌아가신 뒤에 어머니로
부터 이따금 들은 이야기가 대부분이다. 그런데 그 후 내가 그림을
그리기 시작하고 나서 아버지의 생애에 흥미를 가지고 조사하는

---

8) 일본 회화의 한 양식으로 중국풍의 회화 '가라에(唐絵)'에 대한 호칭이다. 헤이안시대(平安時
代)의 국풍문화(国風文化) 시기에 발달한 회화를 말하는데, '일본화日本画'라고 쓰고 '야마토
에'라고 읽기도 한다.

과정에서 들은 친척이나 일가의 이야기와는 다소 맞지 않은 점도 있다.

예컨대 사정을 가장 잘 알고 있다고 생각되는 친척에 따르면, 젠노스케는 세 형제 중에서 차남이었다는데 어머니는, "아버지는 막내였어. 다마무라 집안에서는 대대로 막내가 어머니를 모시는 거야." 하고 여러 번 말했다. 그것은 단지 나에게 그렇게 해주었으면 좋겠다는 바람을 표현한 것이었는지, 아니면 애초에 생가로부터 의절당하고 집을 나왔다는 아버지의 성장 과정으로 인해 객관적인 정보를 소상히 알지 못해서인지는 분명하지 않다.

사실은 문필가인 내가 그 부분을 정확히 조사하여 다마무라 호쿠토의 전기를 써야 할 것이고, 한때는 그럴 요량으로 취재를 하기도 했지만, 결국 감당할 수 없어 단념하고 말았다.

아버지가 차남이었다고 한 친척에 따르면, 장남은 열여덟 살에 혼자 미국으로 건너가 서부 지역에서 남의집살이부터 시작하여 출세했다고 한다. 낮은 급료를 모아 중국인으로부터 수집한 소품을 파는 골동품 가게 '드래곤 상회'를 열어 크게 성공했고, 결국에는 샌프란시스코의 일본인회 회장까지 되었지만 태평양전쟁의 발발과 함께 소식이 끊어졌다고 한다. 수용소에 수감되었을 것으로 추정될 뿐 자세한 사정은 알 수가 없다.

젠노스케는 고국을 버린 큰형 대신 게다 도매점을 이어야 하는 처지가 되었는데, 어렸을 때부터 화가가 되고자 하는 꿈을 버리지 못하고 교토회화전문학교(현 교토예술대학)를 나와 기쿠치 호분菊池芳文 숙塾에 들어간다. 오카모토 신소岡本神草 등과 함께 결사를 조직하기도 하지만, 그 후 도쿄의 목장으로 시집간 누나를 의지하여 상경한다. 그 부분이 어머니가 말하는, 집안에서 의절당하여 도쿄로 갔다는 사정일 것이다. 결국 아무도 뒤를 잇지 않은 도매점 '다마이치'는 폐업한다.

그 후 호쿠토의 족적에 대해서는 전문 연구자의 몫으로 넘기겠지만 내가 어머니로부터 거듭 들었던 것은, 상경하여 일본미술원의 공모전인 재흥원전再興院展으로 화려하게 데뷔한 호쿠토가 근대일본화단의 거장인 요코야마 다이칸(橫山大觀, 1868~1958)의 연인을 빼앗았다는 이야기다.

사실인지 어떤지는 알 수 없지만 당시 화단에서 소문이 났다는 것만은 분명한 것 같다. 오초라는 다이칸의 모델이자 연인이었다는 미인을 호쿠토가 빼앗아 오모리의 집에 살게 한다.

그 이유로 다이칸에서 파문당했다고도 하는데, 몸이 약했던 오초는 얼마 지나지 않아 병사하고 만다. 그래서 배우자를 잃은 아버지와 어머니를 후원자가 중매하여 만나게 된 모양이다.

어머니는 사별한 남편인 무역상과는 열렬한 연애 끝에 결혼했지만, 시집에서 신분의 차이를 왈가왈부하는 등 호된 시집살이를 당했던 것 같다. 그러나 한편으로는 무엇 하나 부족할 것 없는 유복한 생활에서 현실적인 행복을 느꼈던 모양이다. 경제적으로 안정되었다고는 말할 수 없는, 재혼한 예술가 남편과의 생활은 그의 사후에도 종종 불평의 대상이 되었을 정도였으니.

호쿠토는 대식가에다 뚱뚱하며 농담을 하고는 큰 소리로 웃어대는 너글너글한 성격의 대머리 남자였다. 가정에서는 좋은 남편이고 좋은 아버지였지만, 예술에 관해서는 타협을 몰라 화단에서 높은 평가를 받았음에도 불구하고 화상을 통해 그림을 파는 데는 소극적이었다. 어머니는 어린 나에게 늘 그것을 한탄했다. 돌아가시기 직전에 "앞으로는 좀 더 팔리는 그림을 그려서 편하게 해주지."라고 했다고 한다. "하지만 그런 말을 하게 되면 끝장인 거야."

라고도 하신 걸 보면, 가난하지만 긍지가 높고, 어떤 의미에서는 무사의 아내 같은 어머니였다.

나는 아버지가 어머니에게 선물한 고운 비단으로 만든 오비[9]를 뚜렷이 기억하고 있다. 하얀 바탕에 노란색 국화를 곁들인 것이다.

아버지는 또 그림이 팔리면 다 같이 맛있는 것을 먹으러 갔고, 남은 돈은 자비출판에 썼다. 화가인 아버지는 글을 쓰는 것도 좋아해서 몇 권의 저서를 남겼다. 당시만 해도 화가의 여기余技를 책으로 만들어주는 출판사는 그리 많지 않았을 것이다. 자비를 들여 만든 책도 몇 권 있다. 그리하여 눈 깜짝할 사이에 돈은 없어지고, 어머니가 그것에 항의하면 오비를 그려주겠다고 말하며 하얗고 고운 비단 띠를 주문하여 어머니에게 매게 했다.

맨 띠를 뱅글뱅글 풀면서 아버지는 숙달된 솜씨로 붓을 놀렸다. 아마 가을이었을 것이다. 뜰에 피어 있는 노란 국화를 그렸는지도 모른다. 그것이 아버지가 어머니에게 준 선물이었는데, 어머니는 나에게 이 이야기를 할 때면 반드시, "오비보다 훨씬 더 갖고 싶은 것이 있었는데." 하고 덧붙였다.

---

9) 기모노를 입을 때 몸통 부분에 두르는 띠.

그 정경을 떠올리면 그 이상 멋진 선물은 없을 것 같지만, 아내란 그런 것이다. 예술가인 남편을 자랑스럽게 생각하는 그 순간 그 남편이 경제력도 겸비하고 있다면, 하고 갖고 있지 않은 것까지 요구하는 것이다. 어머니는 그렇게 말하면서도 무슨 중요한 모임이 있을 때면 꼭 그 오비를 매고 외출했다.

내가 아버지를 가장 뚜렷하게 기억하고 있는 것은, 임종 때 마지막으로 입술을 축여주던 때의 일이다.

아버지는 다다미 여덟 장 크기의 방 한가운데에 이불을 깔고 누워 있었다. 나를 부르시길래 나는 얼른 젓가락 끝으로 물을 적신 면을 집어 아버지의 입으로 갖다 댔다. 위암. 마지막에는 췌장에서 비장까지 전이되어 손을 쓸 방도가 없었다고 한다. 나는 막 여섯 살 생일을 맞이했을 때였고, 그 이듬해에 초등학교에 입학했다.

그래서 나는 아버지에게 그림을 배울 기회가 없었다. 그런데 딱 한 번 등 뒤에서 아버지의 목소리를 들은 적이 있다.

"도요오, 보지 않고는 그리지 말거라."

아버지가 마지막에 누워 있던 방 옆에 다다미 네 장 반

159

크기의 방이 있었는데, 벽 쪽으로 놓인 낮은 책상에서 나는 늘 그림을 그렸다.

그때 내가 어떤 그림을 그렸는지는 물론 기억나지 않지만, 사물을 보면서가 아니라 어린이다운, 뭔가 마음속의 정경을 그렸을 것이다. 평소에 내가 그림을 그리고 있는 것을 봐도 아무 말도 하지 않던 아버지가 그때만은,

"도요오, 보지 않고는 그리지 말거라. 그릇 하나라도 좋으니까 잘 보고 그려."

하고 여느 때와 달리 강한 어조로 말씀하셨다. 내가 태어났을 때 어머니는 마흔다섯, 아버지는 쉰둘이었다. 나이가 들어서 얻은 아이라서 각별한 귀여움을 받고 꾸중을 들어본 기억이 없는 나는 아버지의 그 의외의 말에 놀랐다.

공상으로 그리지 말거라. 사물을 잘 보고 그려라. 그것이 그림에 관한 아버지의 한 번뿐인 가르침이었다. 내가 네 살인가 다섯 살이 될까 말까 한 무렵이다.

그때 나에게 말을 한 아버지는, 내가 장래에 화가의 길을 택할 거라고 생각한 것일까. 아들 한 명 정도는 화가가 되어도 좋다고 생각한 것일까. 아니면 아들이나 장래와는 상관없이 그림에 대해서만은 가만히 있을 수 없어서. 다른 사람의 아이라도 공상으로 그

리고 있었다면 주의를 주고 싶었던 것일까. 객관적으로 생각하면 마지막 경우가 가장 맞을 것 같기는 하지만, 결국 아들들은 한 명도 화가가 되려고 하지 않았다.

어머니는 예술가의 안살림을 꾸리느라 고생을 하신 탓에 나에게는 화가가 되지 말거라, 화가만은 되지 말거라, 하고 계속 말씀하셨다. 초등학교와 중학교 때 성적이 좋았던 내게 어머니는 기회가 있을 때마다 "도쿄대학을 나와 외교관이 되어라, 관리가 되면 연금이 나오거든." 하고 말했다.

이제 와서 생각해보면, 연금이라는 것도 퇴직 후에 받는 종신연금을 말한 것인지, 아니면 그만두고 나서도 관련 기업에 들어가 많은 급료를 받을 수 있다는 의미였는지 알수 없다. 유복한 무역상과 결혼 생활을 하면서 정재계 관계자를 많이 알았던 어머니는, 일을 해도 수입이 적은 예술가보다는 그렇게 열심히 일하는 것처럼 보이지도 않는데 우아하게 생활하며 돈벌이가 좋은 고급관료가 좋아보였을 것이다.

어머니가 당시 나에게 기대를 걸었던 데는 다른 이유도 있었다.

두 분은 다섯 명의 아이를 얻었는데, 그중 한 명은 어린 나이에 죽었다.

나의 바로 위 형으로, 네 살을 맞이한 봄에 죽었다. 야무진 얼굴에 머리가 좋고 그림도 잘 그렸으며 차분한 아이였다고 한다. 그 아이가 돌연 쓰러졌고, 병명이 소아성 인두염임이 밝혀졌을 때는 이미 살 날이 얼마 남지 않은 상태였다.

죽어가는 아들을 보고 눈물을 흘리는 어머니에게 형은 이렇게 말했다고 한다.

"엄마, 슬퍼하지 마. 난 반드시 다시 태어날 테니까."

그리고,

"내가 죽은 뒤 지붕 위에 까마귀가 와서 세 번 울면 그게 나라고 생각했으면 좋겠어."

라는 말을 남겼다고 한다. 그런데 실제로 장례식 때 까마귀가 세 번 울었다고 하니, 어쩌면 이 부분의 이야기는 후세의 신동 전설에 의한 각색인지도 모르지만, 형이 죽고 얼마 지나지 않아 어머니가 임신한 것을 알았다는 것은 사실이다. 그 7개월 후에 태어난 것이 나였다. 그러므로 나는 신동의 환생으로서 복제판이니, 오리지널보다는 다소 떨어진다고 해도 어머니의 기대를 한 몸에 받기에는 충분했다.

그 형의 이름은 도요오刀世夫였다. 1941년(쇼와 16) 일본이 전쟁에 휩쓸려 들어가는 시대의 한복판에서 태어난 아이다. 나는 그 환생으로서 같은 이름을 얻었는데, 글자만은 밝고 경박한 것으로 바뀌었다. 옥玉 마을村의 풍요로운豐 남자男. 영어로 하면 Rich Man in the Treasure Village. 지금까지도 사람들이 그 밝은 이름은 필명이냐고 묻는 나의 본명은 그런 사정에서 나온 것이다.

초등학교 4학년과 5학년 때의 그림일기. 다음 페이지의 〈하네〉[10]는 1956년(쇼와 31) 1월 2일의 일기, 그 다음 페이지 이후의 〈선물상자〉, 〈귀면鬼面〉은 1월 3일에서 5일에 걸친 일기, 〈사다리 곡예〉는 이듬해 1월 2일의 일기다.

---

10) 모감주에 구멍을 뚫어 새의 깃을 몇 개 꽂은 것. 배드민턴과 비슷한 하네쓰키라는 놀이에 쓰는 서틀콕 비슷한 것이다.

1956년 1월 2일 날씨 맑음 시각 5시

새해 축하

히사토미 군이 "다마무라 군" "응" "빨리 가자, 다들 가자고 해서 말이야." 그래서 넷이서 선생님 댁으로 갔다. 조금 놀고 있으니 선생님이 돌아오셨다. "잘 왔어." 하고 말씀하셨다. 과자를 먹고 책을 보며 놀았다. 돌아올 때 공책을 선물로 받았다. 집에 돌아오니 엄마가 "너무 오랫동안 있었 구나. 폐가 안 되었는지 모르겠다." 하셨다. 나는 마당에서 하네쓰키를 하고 놀았다.

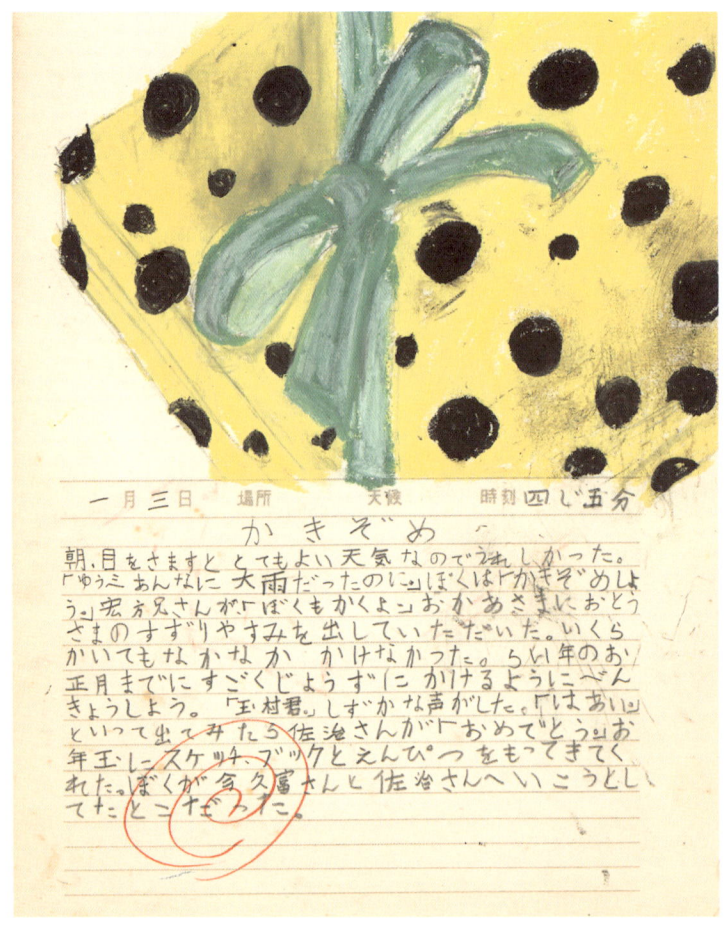

1956년 1월 3일 시각 4시 5분

신춘 휘호

아침에 눈을 뜨니 날씨가 참 좋아서 기뻤다.

"어젯밤에는 그렇게 비가 많이 왔는데." 나는 "신춘 휘호를 쓰자." 히로키타 형이 "나도 쓸래." 엄마가 아버지의 벼루와 먹을 내주었다. 아무리 써도 좀처럼 잘 써지지 않았다. 내년 섣달까지는 아주 잘 쓸 수 있도록 공부하자. "다마무라 군." 조용한 목소리가 들렸다. "응" 하고 내가 보았더니 사지 군이 "축하해." 새해 선물로 스케치북과 연필을 가져왔다. 내가 바로 히사토미 군과 사지 군에게 가려고 한 참이었다.

1956년 1월 4일 날씨 비 시각 4시

비가 내림

"비 오는 건 싫다. 밤중에 내리고 아침에는 개면 좋을 텐데." 어쩐 일인지 점점 세차게 내렸다. 고타쓰[11]에서 책을 읽거나 그림을 그렸고, 저녁에는 초밥을 주문하여 다 같이 먹었다. 형은 친구 집에 놀러 갔다. 어쩐지 쓸쓸하다. 어머니가 "사과 먹자"하여 다 같이 사과를 먹었다. "인도 사과는 향기가 좋구나."

---

11) 일본의 실내 난방 장치의 일종. 나무 틀에 화로를 넣고 그 위에 이불 등을 씌운 것. 이 속에 손이나 발을 넣고 몸을 녹인다.

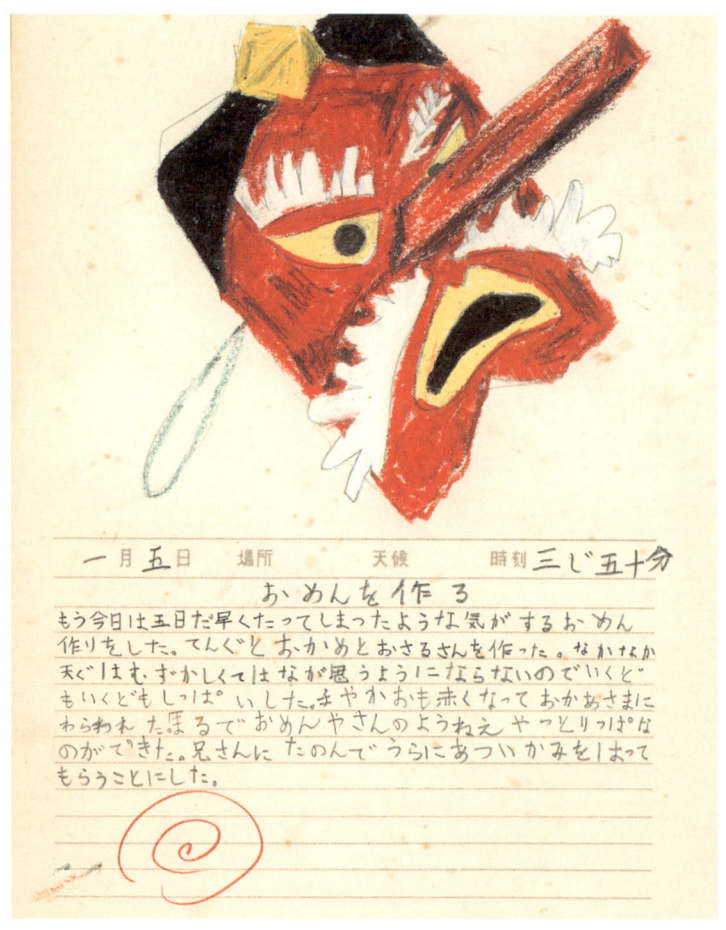

一月五日　場所　　　天候　　　時刻 三じ五十分

おめんを作る

もう今日は五日だ早くたってしまったような気がするおめん
作りをした。てんぐとおかめとおさるさんを作った。なかなか
天ぐはむずかしくてはなが思うようにならないのでいくど
もいくどもしっぱいした。まやかおも赤くなっておかあさまに
わらわれた。まるでおめんやさんのようねえやっとりっぱな
のができた。兄さんにたのんでうらにあついかみをはって
もらうことにした。

1956년 1월 5일 시각 3시 50분

가면 만들기

오늘이 벌써 5일이다. 빨리 지나가는 것 같다. 가면을 만들었다. 텐구[12]와 거북이와 원숭이를 만
들었다. 텐구는 상당히 어려워서 코가 생각대로 되지 않아 몇 번이나 실패했다. 손이나 얼굴도 빨
갛게 되어 어머니가 놀렸다. "마치 가면 가게 같네." 가까스로 훌륭한 가면이 만들어졌다. 형에게
뒤쪽에 두꺼운 종이를 붙여달라고 하기로 했다.

---

12) 얼굴이 붉고 코가 높으며 신통력이 있어 하늘을 자유로이 날며 깊은 산속에 산다는 상상의 괴물.

1957년 1월 2일 날씨 맑음 시각 6시 5분

오늘도 산책하러 나갔다. 조금 걸어가다가 야마다 군을 만났다. 함께 걷고 있으니 옆 사람이 떠들 썩하게 말했다. "앗, 사다리 곡예다." 두 사람이 사다리에 올라 여러 가지 재주를 보여주었다. "우리 같으면 사다리에 올라가 아래를 내려다보는 것만도 무서울 텐데." "응, 대단하다." "아야, 벌써 끝났어." 우리는 그 뒤를 따라가 다섯 번이나 봤다. "아아, 재미있다." 야마다 군이 "안녕" 하고 말했다. "왜?" "응, 동생의 하네를 잃어버렸어. '물어내'라고 해서 말야." 나는 다시 혼자가 되고 말았다.

부모님과 찍은 사진이 그리 많지 않다. 왼쪽 맨 위는 어머니와 니시오기쿠보(西荻窪:도쿄 스기나미 구)의 집 뜰에서 찍은 것. 내가 초등학교에 들어가기 전 해에 돌아가신 아버지 다마무라 호쿠토(본명 젠노스케)는 너무나도 메이지 시대에 태어난 사람답게 근엄함으로 가득 차 있었지만 가정에서는 자식을 끔찍이 사랑하는 자상한 아버지였던 것 같다. 아래는 만년의 어머니. 어머니는 내가 서른 살 때 돌아가셨다.

오른쪽 맨 위는 내가 네 살 무렵, 집 뜰에서 형들이 닭장을 지었을 때 찍은 사진이다. 이 닭장 지붕에 올라가 별똥별을 본 일이 기억나는데, 그것이 인생 최초의 선명한 기억인지도 모른다. 시계 방향으로 초등학교에 입학한 날, 중학교 2학년 수학여행, 고등학교(도립 니시고등학교) 1학년 때, 집 대문 앞에서. 고등학교는 자전거를 타고 다녔는데, 이 무렵부터 그림에 열중했다.

왼쪽 위의 연필로 그린 자화상은, 그리던 중에 앨범에서 본 아버지의 얼굴과 닮았다는 것을 깨닫고 작업을 멈추었던 작품이다. 처음으로 그린 자화상은 아래의 어두운 유화 작품이다. 아직 병자의 얼굴을 하고 있다.

자화상을 자주 그린 화가로는 렘브란트가 유명하다. 렘브란트의 자화상은 현존하는 것만 50점, 아마 평생 60점 이상의 자화상을 그렸을 것이라고 한다. 그중에는 웃고 있는 표정의 자화상도 있다. 그래서 나도 해볼 생각으로 거울 앞에서 웃으면서 그리려고 한 적이 있는데, 도중에 바보 같아서 그만두었다. 역시 렘브란트는 대단하다!

위 〈자화상 III〉
가운데 〈자화상 II〉
아래 〈자화상〉

성묘

영적인 능력이 있는 기보 아이코宜保愛子 라는 사람이 있었다.

만년에는 매스컴에 전혀 모습을 드러내지 않다가 몇 년 전에 세상을 떠났다고 하는데, 한때는 텔레비전이나 잡지에서 서로 모시려고 야단일 정도로 유명인이었다.

기보 씨가 매스컴에서 활약하던 전성기에 어느 잡지의 기획으로 그를 만난 적이 있다. 현재 살고 있는 집을 한창 신축하던 무렵이었는데, 일을 보러 나간 길에 도쿄의 어느 호텔에서 기보 씨를 만났다.

당시 기보 씨는 보통 사람은 면담 예약도 할 수 없을 정도로 인기가 있었다. 사실 나는 그런 것에 별 관심이 없었는데, 매스컴 관계자가 애써 약속을 잡았다며 권해서 재미 삼아 만나보기로 했던 것이다. 앞선 몇 명의 손님 뒤에서 차례를 기다렸다가 방으로 들어갔다. 반신반의하는 마음이었다. 그런데 기보 씨는 나를 보자마자,

"아, 거기 보이네요."

했다.

"뭐가요?" 하고 물으니,

"조그마한 여자아이. 예쁜 아이네요. 아까부터 따라다니고 있어요."

주위를 둘러보았지만 아무것도 보이지 않았다.

"아니, 괜찮아요. 못된 장난을 하는 것도 아니니까요."

내가 어디냐고 묻자,

"거, 저기. 오른쪽 무릎에 손을 올리고 있어요."

라고 대답했다. 어쩐지 불쾌한 느낌이 들었지만, 상대는 영적인 능력이 있는 사람이니까 그러려니 했다.

그녀는 어렸을 때 앞에서 걸어오는 지인이 뒤에서 무너지는 벽

에 깔리는 환시를 보고, 그 사람 금방 죽는다고 말했는데 그대로 되고 말았다고 한다. 그 일이 있은 후부터 소문을 듣고 사람들이 몰려왔고, 다른 사람의 불행을 예견해야 하는 자신의 처지를 괴로워하면서 유년 시절을 보냈다는 사람이다. 그 말을 다 믿을 수는 없지만, 남이 못 보는 걸 보고 지적하는 말에 일단 설득력이 있었다.

"지금 집을 신축하고 있나요? 그렇군요. 커다란 지붕이 보이네요. 어머, 근처에 말도 있는데요."

나는 진짜로 커다란 지붕의 집을 건축하고 있었다. 말은 잘 모르겠지만, 원래 그 근처에 살았던 무장武將의 말인지도 모른다고 했다. 내가 집을 짓고 있는 산은 예전에 사나다眞田 열 용사[13] 중의 한 사람인 운노 로쿠로海野六郎의 외성外城이 있던 곳이었다. 지금도 잡목림 안에는 성터의 돌이 남아 있다. 틀림없이 말도 있었을 것이다.

그때쯤부터 나는 이미 그녀가 하는 말을 다 믿을 준비가 되어 있었다.

---

13) 센고쿠(戰国)시대 말기부터 에도(江戶)시대 초기에 걸쳐 활약한 무장 사나다 노부시게(眞田信繁)를 모셨다는 열 명의 가신을 말한다

"가끔 등이 아플 때가 있네요."

"네."

"오른쪽 어깨에서 허리 쪽으로."

"네네, 말씀하신 대로 거기가."

그 후로는 시키는 대로 했다.

"임시로 거처하고 있는 방의 동쪽 벽에 늘 입는 재킷이나 양복 웃옷을 걸어놓으세요. 공사를 하는 부지의 서쪽 구석에 청주를 뿌려 숲 속 동물들의 영혼을 위로하세요."

집으로 돌아간 즉시 그녀가 말한 대로 했다. 또 하나의 지시 사항은 여자아이를 위해 성묘를 하라는 것이었다.

"어딘가 마을에서 한참 떨어진 곳에 있는 작은 절의 한구석에 윗부분이 둥글고 키가 작은 석묘石墓가 있어요. 그곳이 아이가 잠들어 있는 곳이니까, 아이가 좋아하는 단것을 준비하고 반야심경을 필사한 종이를 조그맣게 접어 그 묘 옆의 흙에 묻으세요."

이것이 기보 씨의 지시였다. 그때 나는 얼굴이 약간 창백해져 있었던 것 같다. 기보 씨는 그곳이 어디인지는 구체적으로 말하지 않았는데, 사실 그 다음 날 나는 교토로 가기로 되어 있었다.

그림을 그린 이후로 병에도 차도가 있었다. 처음에는 고생했지만 그림을 금세 잘 그릴 수 있게 되고 흥미가 지속된 것은, 아버지가 내 안에 남겨준 몇 가지 DNA 덕일 거라고 생각했다. 그때부터 나는 일하는 틈틈이 아버지에 대해서 조금씩 조사했다. 그러나 생전에 아버지 쪽 친척과는 전혀라고 해도 좋을 정도로 교류가 없었으므로 정보를 얻기가 쉽지 않았다. 그나마 여기저기 물어보고 관계자를 찾다 보니, 간사이関西[14] 지역에 살고 있는 친척도 만나게 되어 조금씩 옛날 일을 알게 되었다. 그 정보 중에서 교토에 아버지 쪽 먼 친척의 묘가 있다는 이야기가 있었다.

나는 도쿄에서 일을 마친 다음 날 교토로 갈 예정이었는데, 교토로 떠나기 전날 갑자기 기보 씨와의 약속이 잡힌 것이다.

나는 기보 씨가 말한 것이 그 묘임이 틀림없다고 생각하고, 곧바로 책방으로 달려가 《반야심경》 문고본을 사서 그날 밤 호텔 방에서 필사했다. 그리고 다음 날 아침, 도쿄 역에서 단것을 사 들고 신칸센을 탔다.

그 절은 교토 시내 오미야마쓰바라大宮松原 데라마치寺町의 한 모퉁이에 있었다. 시내에서 떨어져 있다고도 할 수

---

14) 교토와 오사카를 중심으로 한 지역

없고 황폐한 곳도 아니었다. 과연 그곳에 기보 씨가 말한 대로 윗부분이 둥글고 키가 작은 석묘가 있었다. 절에서 들은 이야기에 의하면 아주 가끔 친척이 찾아온다고 했다. 나는 꽃과 단것을 올리고 향을 피워 여자아이에게 편히 잠들라고 말하고, 반야심경을 필사한 종이를 조그맣게 접어 흙 속에 묻었다.

그런 후 나는 주지스님에게 절에 보관되어 있는 과거장過去帳[15]을 보여달라고 부탁했다.

찾는 데 한참 걸렸지만, 교토의 고찰답게 재래식으로 묶은 과거장에는 백 년도 더 된 옛날의 일까지 정확히 기록되어 있었다.

그것을 통해 처음으로 알게 된 사실이 있다.

아버지는 부모에게 의절당하고 그대로 집을 나간 것이 아니라 교토회화전문학교를 졸업한 후 어린 나이에 한 번 결혼했다. 갓 스무 살이 넘었을 무렵에 비슷한 나이의 여성과 결혼하여 아이 하나를 얻었는데, 그 아이는 태어난 지 얼마 되지 않아 죽고 말았다. 그 아이를 낳다가 몸이 상한 아내도 그 아이를 따라 곧 죽었다. 절에는 그 장례식의 기록이 남아 있었다.

---

15) 절에서 죽은 사람들의 속명이나 법명, 죽은 날짜 따위를 적어 두는 장부

아내와 아이를 동시에 잃은 그는 절망하여 고향을 등졌을 것이다. 물론 상인 가문에서 태어나 뒤를 잇지 않은 것으로도 책망을 받았음이 틀림없지만, 이 사실을 알고 보니 아버지가 교토와 관계된 모든 친척과 인연을 끊은 것은 이 불행한 기억에서 벗어나고 싶어서였을지도 모른다는 생각도 들었다.

그 여자아이는 그때 죽은 아이의 화신이었을까. 여자아이가 특별히 원망을 품고 있는 건 아니라고 기보 씨는 말했다.

"그냥 심심해서 같이 놀아주기를 원하는 거예요. 자기를 늘 마음에 두고 있다는 것을 알면 수호신처럼 당신을 지켜줄지도 모르겠네요."

지금도 그 여자아이가 때때로 나와 내 주위를 돌아다니고 있는지 어떤지는 알 수 없다. 그저 편히 잠들기를 바라지만, 최근에 성묘를 하지 않은 것이 마음에 걸린다.

또 기보 씨가 근처에 말이 있다고 한 것과 관련해서는, 그 후 얼마 지나지 않아 집을 지은 곳 근처에 실제로 말이 있다는 것을 알게 되었다. 마을 뒷산 능선 아래 지역의 산림을 소유하고 있는 현지인이 우리가 이사 오고 나서부터

179

그 숲 속에서 말을 키우기 시작한 것이다.

때때로 방목을 하니, 말이 멋대로 울타리를 넘어 둑에서 풀을 뜯는 것까지는 그래도 괜찮았다. 하지만 우리 밭으로 들어와 옥수수를 먹거나 토마토 밭을 엉망으로 만들기도 했으므로 채소밭 주위에 나무 말뚝을 박고 철사를 치는 등 긴급 대책을 세워야 했다.

기보 씨가 말했던 말이 그 말을 가리키는지, 아니면 센고쿠의 무장 운노 로쿠로의 기마를 가리키는지는 모르지만, 분명히 그 지역에는 말이 있었다.

아버지의 묘는 신주쿠 2초메町目의 번화한 거리에 있다.

게이 바가 늘어서 있는 수상쩍은 거리 바로 옆, 절의 정문 옆에 커다란 지장보살이 있는 다이소지太宗寺라는 유서 깊은 절에 있다. 교토까지는 좀처럼 갈 시간을 내지 못했지만 다이소지에는 가끔 성묘하러 간다. 그렇다고 젊었을 때부터 자주 간 것은 아니었다. 아버지나 어머니의 몇 주기 재齋가 있을 때 외에는, 평소에 좀처럼 선조의 성묘는 하지 않았다.

그런데 그림을 그리기 시작하고부터 조금씩 아버지가 마음에 걸리기 시작했는데, 갑자기 결심하고 성묘를 하게 된 데는 계기가 있었다.

내가 연필로 자화상을 그렸을 때의 일이다. 지금 보니 1988년 2

월 24일이라는 날짜를 넣은 서명이 있어서 언제인지도 알수 있다. 자화상은 거울에 비치는 자신의 얼굴을 보면서그리는 것이라, 시선이 그림으로 돌아오기 직전에 거울 속의 얼굴이 움직이고 원래의 위치에 얼굴을 돌려놓았다고생각해도 미묘하게 위치가 달라지기 때문에 대상을 포착하는 것 자체가 어렵다. 게다가 사람의 표정이라는 것은아주 미세한 붓의 오차로도 일변하기 때문에 그림 연습에는 안성맞춤이다. 그래서 연습 삼아 인물을 그리고 싶어도 아내에게 모델 노릇을 해달라고 부탁할 수도 없다. 몇시간이나 움직이지 않고 있기가 여간 고역이 아니다. 그래서 커다란 거울을 꺼내 와 내 얼굴을 그렸던 것이다.

그날은 할 일이 없어서 한가한 시간을 주체하지 못하다가 자화상이라도 그려볼까 하고 하얀 종이에 내 얼굴을 그리기 시작했다.

다 그린 것도 아니었다. 시간으로 말하면 잠깐이었고,아직 그리는 도중이었다. 그러던 어느 순간 문득 연필을멈췄다. 간단히 연필 선으로 그린 얼굴이 앨범에서 본 아버지의 얼굴과 판박이였던 것이다. 그것을 깨닫는 순간,깜짝 놀라 찬찬히 그림 속 얼굴을 바라보다가 그만 끝내기로 하고 서명과 날짜를 적어 넣었다.

그때 나는 내가 아버지의 DNA를 물려받은 것을 확실히 자각했다. 그러고 나서 아버지에 대한 감사의 마음을 새삼 마음속 깊이 받아들였다.

사람들은 괴로울 때 신을 찾는다고 하는데, 나는 병을 앓기까지 오랫동안 돌아가신 부모를 완전히 잊고 살았다. 그러나 그 이후부터는 도쿄에 가면 성묘를 하곤 한다. 근처 꽃집에서 그 계절에 피는 꽃을 고르고, 절 사무소에 가서 향을 사고, 샘의 물을 길어 올릴 뿐인 간단한 성묘지만, 덕택에 젊었을 때는 갈 때마다 위치를 헷갈려 찾아 헤매던 다마무라 가의 묘를 금방 찾을 수 있게 되었다.

어머니로부터는 가난해도 잃지 않는 고상한 마음과 사소한 일을 소홀히 하지 않는 현실적인 생활능력을 배웠다. 아버지로부터는 큰 목소리와 많이 먹는 것과 대머리를 물려받았다. 그리고 만년의 머리털 수만큼의, 그림을 잘 그릴 수 있는 DNA도.

아버지는 시대를 앞서간, 선견지명이 뛰어난 예술가이자 동시에 그 누구도 흉내 낼 수 없을 정도로 뛰어난 기교를 자랑하는 프로 화가였다. 본업 외에 무라야마 다다요시村山忠義의 연극운동이나 아라하타 간손荒畑寒村의 반체제운동에 공감하는 등 다채로운 감성을 보인 재인才人이기도 했다. 나는 사상적이라기보다는 감각

적이라든가, 모든 권위에 반항하는 재야정신 등은 조금이라도 아버지에게 물려받았음을 자부하지만, 그림 그리는 재능은 도저히 아버지를 당해낼 재간이 없다.

그래서 성묘를 갔을 때 아버지께 내가 다시 그림을 그리게 되었다고 고하기는 했지만, 프로 화가가 되었다는 보고는 아직 하지 못하고 있다.

제5장
라이프 아트

그림을 사는 사람

그림에 관한 책은 꽤 읽었다고 썼는데, 그중에는 화단의 동향에 관한 책도 포함되어 있다. 뭔가 하나의 일에 흥미를 갖게 되면 관련된 분야의 책을 구할 수 있는 대로 구해 읽는 것은 나의 오랜 습관이다. 기성 대가의 그림이나 예술에 관한 이야기는 물론이고 나와는 상관없는 것이라도 젊은 화가가 어떻게 세상에 나오는지, 화가를 키우는 화상畵商이나 평론가는 무슨 일을 하는지에 관한 책을 읽는 것도 재미있다.

"신인화가를 격려하는 가장 좋은 방법은 잠자코 그의 그림 한 점을 사주는 일이다."

라는 말도 그런 종류의 책에서 얻은 것이다. 애초에 미술대학을 나와 누군가에게 배우고 다른 사람들이 감상할 만한 작품을 그릴 수 있게 된다고 해도 그것을 팔 수 없으면 직업적인 화가가 될 수 없다. 자격이나 면허는 필요하지 않기 때문에 화가라고 칭하는 것이야 자유지만, 화가라는 간판을 내건다고 누가 찾아와 그림을 사주는 것은 아니다. 길거리에 가격표를 붙인 그림을 늘어놓고 기다리면 팔릴지도 모르지만, 그렇게 시작하여 성공했다는 화가는 뮤지션의 경우와 달리 거의 들어본 적이 없다.

고흐는 생전에 그림이 한 장도 팔리지 않았지만 사후에 위대한 화가가 되었다. 아무리 현세에 관심이 없는 예술가라고 해도 그림을 그리는 이상, 살아 있을 때 작품이 팔리는 것을 바랄 것이다. 젊은 화가들은 어떻게 자신의 경력을 쌓아가는 것일까.

글의 경우는 신인문학상에 응모하여 당선되거나 출판사에 원고를 가져가 편집자의 판단을 기다린다. 소설을 쓰기 위해 신문사에 들어가거나 출판사에서 일하는 것은 가까운 길처럼 보이지만 사실은 가장 우회적인 방법이고, 대가에게 사사하여 데뷔를 기다리는 시대도 아니다. 지금은 인터넷을 이용하여 자신의 블로그에 글을 마음대로 발표하는, 예전에는 생각조차 하지 못했던 방법도 있다. 뛰어난 작품만 쓰면 옛날보다는 주목을 받을 가능성이 훨씬 높아졌다. 하지만 그림의 경우는 어떨까.

컴퓨터 그래픽이라면 또 모르겠으나 종이나 천에 직접 그리는 기존 스타일의 회화작품으로는 어려운 일일 것이다. 하지만 언젠가는 블로그에 올린 그림이 좋은 평가를 얻어 화가로 데뷔하는 사람이 나올지도 모른다. 또 현대 예술의 기수로 촉망받는 작가 중에는 세계시장을 겨냥하고 전략적으로 작품을 직접 기획하는 야심가들도 있다. 화가는 직접 그림을 팔아서는 안 된다거나, 그런 것은 상스러운 행위라고 생각하는 기존의 가치관은 이미 죽었거나 아니면 죽어가고 있다. 그러나 그림을 그리는 재능과 장사를 하는 재능은 다른 것이라서 신인 화가가 세상에 나오는 과정은 반드시 분명해졌다고는 말할 수 없다.

책을 보면, 화가와 화상의 관계는 독특한 것 같다.

예를 들어 어느 화상이 아직은 전혀 팔리지 않지만 앞으로 반드시 물건이 될 젊은 신인 화가에게 눈독을 들였다고 하자. 그는 신인 화가를 빈번히 찾아가 여러 가지로 보살펴준다. 때로는 밥을 사주고 용돈도 준다. 물론 그림에 대한 비평도 하고 조언도 한다. 이 그림은 좋고 저 그림은 좀 그러니 다시 그리라고 하다 보면 점차 화상이 인정하는 작품이 늘어간다.

어느 날, 화상이 찾아와 아틀리에 구석에 쌓여 있는 작품 열 점을 모아 가져간다.

그러고 나서 반년 후 화상이 다시 찾아와 화가에게 돈을 건넨다.

"자, 10만 엔이다. 일전의 그림이 팔렸다."

어떤 그림을 고객에게 얼마에 팔았는지는 전혀 설명하지 않는다. 설명하지 않아도 괜찮다고 한다. 한 점이 팔렸다고만 할 뿐, 나머지 아홉 점이 어떻게 되었는지는 말하지 않는다. 그 후에도 가끔 찾아와 용돈을 준다. 그것이 다른 그림의 대금 중 일부일지도 모르지만, 화가도 물어보지 않는다.

예능 프로덕션 같기도 하지만, 요컨대 화가 한 명을 유명해지게 키우려면 비용이 많이 든다. 화가 본인에게는 직접 자신의 그림을 팔 수단도 재능도 없다는 것이 전제가 된 시스템이다.

자신은 10만 엔밖에 받지 못했는데, 화상이 그 그림을 어느 수집가에게 100만 엔에 판 것을 나중에 소문으로 알게 된다면, 나라면 불평을 할 것이다. 그렇다면 나에게도 좀 더 나눠주어야 하지 않느냐고.

하지만 그것은 비열한 장사꾼의 근성이다. 아버지는 원래 장사하는 집안 출신이고 어머니는 가난한 살림살이를 꾸려가느라 고생한 사람이라서, 나는 화가의 DNA 외에 계산이 밝고 인색한 DNA도 갖고 있다.

놀라운 것은 이 이야기의 다음 부분으로, 10만 엔에 화상의 손에 넘어간 그림이 100만 엔에 팔렸다는 것을 알았을 때 화가가 기뻐한다는 사실이다. 200만 엔에 팔렸다고 하면 더욱 기뻐했을 것이다.

그 책에는 그렇게 쓰여 있었다. 저자는 화상이다.

화가가 기뻐하는 것은 자신의 그림이 높은 평가를 받았기 때문이다. 자신에게 돌아올 몫보다는 작품이 높은 평가를 받은 것이 더 중요하고 기쁜 것이다. 물론 그 평가가 이후 작품의 가격에 반영될 것이기에 화가의 수입도 당연히 늘어나겠지만, 돈 이야기 같은 것은 내색도 하지 않는 것이 예술가이고, 또 화상은 거기에 이르기까지의 투자를 생각하면 화가에게 용돈 정도만을 지불하는 것이 당연하다고 생각하는 것이다.

이런 이야기가 지금도 있는지 옛날이야기일 뿐인지 모

르겠지만, 화가와 화상, 그리고 그림을 사는 사람 간의 관계에는 여러 가지 이해하기 어려운 일들이 있는 듯하다. 대가의 고가 작품이 정치자금의 우회적인 방패막이로 이용된다는 것도 흔히 듣는 이야기다. 기업이 잉여 이익을 사적으로 소유하려고 작품을 수집하는 일도 있거나 있었던 것 같다.

그림만이 아니라 답례품의 세계에서는 그 상품의 품질이나 내용보다는 일반에 알려져 있는 가격이 더 중요하다. 이 양갱이라면 얼마이고 이 세트는 얼마라고 보기만 해도 가격을 알 수 있으므로 금전을 대신하는 답례품의 역할을 할 수 있는 것이다. 회화 작품도 지금까지의 일본에서는 금전을 표시하는 기호처럼 취급되어 온 경향이 있는 것 같다. 그러므로 그 화가는 얼마짜리 작가라고 정해지는 평가액은 일본의 회화 거래에서 중요한 것으로 여겨지는 것이다.

일본에는 호당 얼마라는 그림의 가격 기준이 있다. 1호 캔버스(F1) 크기는 22×16센티미터, 요컨대 면적으로 하면 약 35제곱센티미터에 해당한다. 이를 기준으로 호당 1만 엔인 화가라면 4호 그림이 20만 엔, 6호 그림이 30만 엔 하는 식으로 계산하는 것이다. 토지 거래도 아닌데 면적에 따라 가격이 자동적으로 정해지는 것이 좀 그렇기는 하지만, 이해하기 쉬운 장점도 있다. 일본에서는 미술연감사에서 내는 '미술연감'이라는 책에 화가의 이름이 오르는 것도 하나의 평가 기준이 되는 것 같다. 이 책에는 호당 얼마라는 그 화가의 표준 가격이 기재되어 있어, 이를테면 직업화가의 가격 목록 같은 역할을 한다.

그러고 보면 회화는 와인과 비슷한지도 모른다.

시장가격이 한 병에 10만 엔이나 하는 와인도 제조회사가 처음부터 그 가격에 판 것은 아니다. 제조회사가 1만 엔에 출고한 것을 중간상인이 사고, 최종 거래까지 가는 동안 많은 사람들이 관계하는 사이에 가격이 올라가는 것이다. 그것이 10만 엔, 20만 엔이 되었다고 해서 제조회사의 몫이 느는 것은 아니다. 평론가가 호평을 하고 상을 받고 미디어가 선전하고… 그 차액은 거래에 관계한 모든 사람들에게 분배된다. 그것이 자본주의의 구조다. 그렇게 하여 높은 평가가 정해졌을 때 자신의 몫도 그에 따라 올라가지 않는다고 불평하는 와인 제조회사는 없을 것이다.

그런 의미에서는 화상의 주장도 일리가 있는 것인지는 모르지만, 와인은 해에 따라 질이 다르고 가격도 달라진다. 그림의 경우는 개개 작품의 질에 상관없이 이름으로 일단 평가가 정해지면 계속 그대로 통용되는 것이 문제라면 문제일 것이다. 그렇지만 실제로 작품이 시장에 유통

될 때는 수급 사정에 따라 거래 가격이 변하므로 회화 작품도 시장 원리에서 완전히 자유로운 것은 아니다.

일본의 와인이 맛없었다는 말을 듣게 된 것은 관광지에서 선물용 토산품으로 대량 판매하는 것과 무관하지 않을 것이다. 선물을 사서 다른 사람에게 줄 경우 산 사람은 마시지 않으니 맛을 모르고, 받은 사람은 선물로 받은 것이니 맛이 없어도 불평을 하지 않는다. 그러므로 품질이 어떻든 버젓이 유통되는 것이다.

그림도 자기가 좋아서 사는 경우라면 정말 좋아하는 작품을 자신의 기준으로 선택하겠지만, 선물이나 답례품, 기념품으로 다른 사람에게 주는 것이라면 평가가 확실히 정해진 작가의 그림이나 무난한 그림, 운수가 좋은 모티프의 그림 등을 고르게 될 것이다.

아주 최근의 일인데, 도쿄에서 열린 현대예술 페스티발에서 개인 수집가가 그림 몇 점을 구입했다는 뉴스가 신문에 실렸다. 이러한 움직임은 앞으로 일본 회화계의 새로운 방향을 보여주는, 드디어 일본에서도 개인이 그림을 사는 시대가 되었다는 논평도 실려 있었다.

고가의 현대예술이라 특별해 보이는지 모르겠지만, 그런 것이 왜 이제 와서 뉴스가 되는 것일까. 나 같은 문외한은 그림을 좋아하니까 자기 돈을 내서 사는 게 당연하다고 생각한다.

애초에 내 그림은 요즘 세상의 수집가들이 다투어 사는 고가의 현대예술과는 무관하다. 또 나는 호당 얼마라는 평가액이 붙은 적도 없고, 이른바 화단이라는 곳과는 전혀 관계가 없다. 우연히 글쟁이의 취미로서 시작한 것이므로, 그러한 화가 세계의 울타리 밖에 있는 것이다. 그러나 그 덕에 내 그림을 사는 사람은 예외 없이 그 그림을 좋아해서 사는 것이고, 그것도 돈이 남아돌아서 그림이라도 사볼까 하는 마음에서 사는 것이 아니라 정말 마음에 들어서 그 그림이 꼭 갖고 싶어서 돈을 마련해서 사는 사람이 대부분이다. 이것은 정말 기쁜 일이고, 내가 자랑스럽게 생각하는 부분이다.

그런데 흥미롭게도 그림을 사는 사람들의 마음속 어딘가엔 아직도 전통적인 가치관의 영향이 남아 있는 것 같다. 그림을 길조吉兆를 비는 물건으로 보는 시각 말이다. 예컨대 검은 그림은 팔리지 않고, 빨간 그림은 잘 팔린다.

같은 풍경이라도 붉은색이 두드러진 그림은 잘 팔리지만, 검은 집이나 벽이 큰 면적을 차지하는 거무스름한 그림은 잘 팔리지 않는다. 물론 미술관이나 수집가의 수중에 들어가는 명작이라면 그런 수준을 초월하겠지만, 집 안의 장식용으로 그림 자체의 가치는 따지지 않는 경우라면 검은 그림보다는 빨간 그림, 어두운 그림보다는 밝은 그림이 더 나을 거라고 생각하는 것은 당연한 반응인지도 모른다.

가위나 칼 등 절단용 도구가 그려져 있는 그림도 잘 팔리지 않는다.

가쓰시카 호쿠사이(葛飾北齋, 1760~1849)에게는 수박과 종이와 식칼을 그린 명작이 있고, 서양의 정물화에서는 나이프나 사브르[16]를 그린 그림도 많은데, 일본인이 선물용이나 기념품으로 그림을 살 때는 가위나 검, 식칼 등의 흉물이 그려져 있는 그림은 사지 않는다고 한다. 인연이 끊긴다며 꺼리기 때문이다.

나도 때때로 꽃의 머리 부분, 즉 줄기를 거의 그리지 않고 꽃송이만을 크게 그리는 일이 있는데, 그것도 그렇게 그려서는 안 된다고 한다. 목이 잘렸다며 꺼린다는 것이다. 정년퇴임을 축하한다며 목이 잘린 꽃을 보내는 것은 좋지 않을지도 모른다. 반대로 같은 딸기라도 줄기가 길게 붙은 딸기 그림은, '롱 스템 스트로베리long stem strawberry'라며 일본에서만이 아니라 서구에서도 좋아한다는 이야기를 들은 적이 있다.

---

16) 유럽의 기병이 사용하는 가볍고 긴 검

이렇게 무슨 일에 길흉의 조짐을 살펴가며 판단하는 것은 그림을 파는 일을 하는 사람에게는 필요한 일인지도 모른다. 그러나 그림을 그리는 사람이 그것에 좌우된다면 결국 후지 산이나 가지, 매밖에 그릴 수 없다. 그래서 나는 그저 재미있는 이야기라며 흘려듣고 내가 그리고 싶은 주제를 그리는데, 그래도 가끔씩 생각이 나면 좀 마음에 걸리기도 한다.

나는 석류 그림을 자주 그리는데, 길_吉한 것이라서 그리는 것은 아니다.

석류는 현관에 걸어두면 귀신을 쫓는다거나 부와 행운을 부른다며 일부러 석류 그림을 구하는 사람이 있을 정도다. 또, 붉은 껍데기가 갈라지고 안에서 열매가 쏟아져 나오기 때문에 자식을 얻게 된다는 이야기도 전해진다. 실제로 내가 그린 석류 그림도 그런 면에서 꽤 영험이 있는 모양이다.

"오랫동안 자식을 원했으나 생기지 않았는데 다마무라 씨의 석류 그림을 사서 집에 걸어두었더니, 그 다음 날 병원에서 임신했다는 말을 들었습니다."

197

"아이가 없는 친구 부부에게 영험을 기대하며 다마무라 씨의 석류 그림을 선물했더니 진짜로 아이가 생겼습니다."

가끔 이런 편지가 날아든다.

나는 기보 씨와 달리 영감도 없고, 내 그림에 그런 마술과 같은 효과가 있다고는 생각하지 않는다. 단지 우연의 일치로 그렇게 된 것임이 틀림없겠지만, 이런 이야기를 들으면 기분은 참 좋다.

아와지시마의 레스토랑 '알파비아'를 위해 식기를 디자인한 일을 계기로, 지금도 컬러풀한 채소를 모티프로 한 그림접시를 빌라데스트에서 제작 판매하고 있다.
맨 위와 가운데 두 점은 최초의 디자인. 아래는 타원형의 작은 접시와 디너 플레이트.

빌라데스트는 지대가 높기 때문에 석류가 열리지 않는다. 그림의 모델은 스태프의 집에 열린 석류를 받은 것이다. 포도는 물론 우리 농원의 와인용 품종이다. 자두는 포도밭 귀퉁이에 나무가 있는데 매년 열매를 잘 맺고 있다. 왼쪽 페이지의 꽃도 모두 농원의 꽃밭에 핀 것이다. 초여름에서 가을에 걸쳐 차례로 피는 꽃을 그리기 때문에 그때는 무척 분주하다. 모두 2007년에 그린 작품이다.

왼쪽 위 〈붉은 잎의 메를로〉 30.0×40.0
왼쪽 아래 〈자두의 가지〉 32.5×35.0
위 〈초록색의 샤르도네〉 22.0×44.5
아래 〈두 개의 작은 석류〉 13.0×18.5

2006년에 그린 작품들

위 〈자주닭의장풀〉 29,0×52,5
왼쪽 가운데 〈붉은 꽃의 클레마티스〉 36,2×42,0
왼쪽 아래 〈에키놉스〉 31,0×33,5
오른쪽 〈라벤더와 벌꿀〉 15,0×11,0

2007년 여름에는 오랜만에 채소 그림을 많이 그렸다. 당근이나 양파, 양배추는 밭에서 흙이 묻은 채 뽑아서 바로 아틀리에로 가져가 그렸다. 어느 것이나 다 그린 후에는 먹을 것이었으므로 될수록 단시간에 그림을 완성하려고 애썼다.

위 〈붉은 당근과 하얀 당근〉 31.5×43.5
아래 왼쪽 〈동그란 가지〉 17.5×25.0
아래 오른쪽 〈수확한 양파〉 33.0×43.0

위 〈밭의 주키니〉 36,0×45,0
아래 왼쪽 〈벌레 먹은 붉은 피망〉 19,0×25,0
아래 오른쪽 〈양배추〉 64,0×70,0

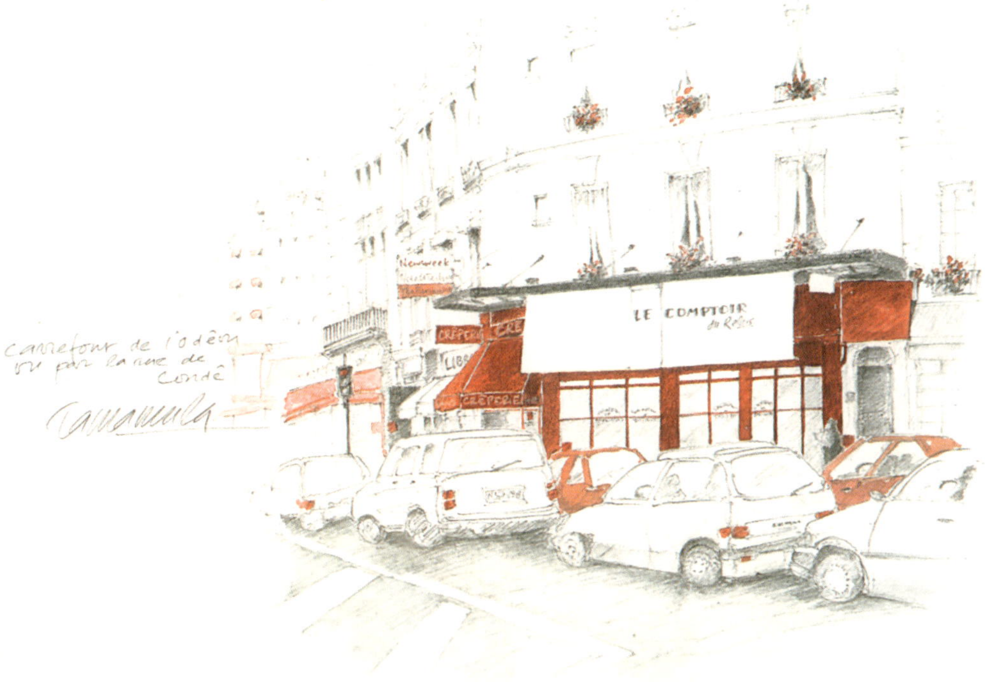

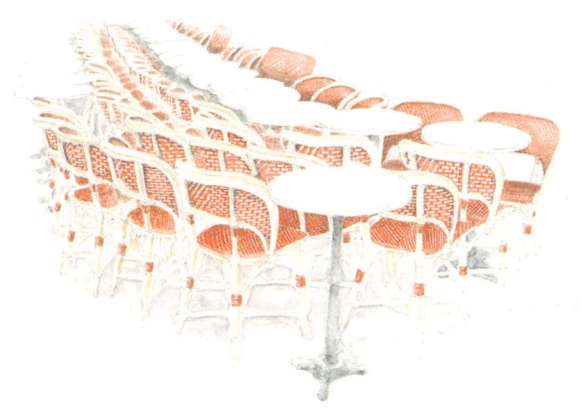

Carrefour de l'odèon
vu par la rue de
Condé
Tanamura

1996년부터 파리를 시작으로 세계의 도시 풍경을 그리고 있다.

위 〈르 콩트와르 뒤 르레Le Comptoir du Relais〉 (파리) 32.7×46.0(1996)
아래 〈식당의 빨간 의자〉 (파리) 21.5×31.0(1996)

위에서부터
〈자전거를 수리하는 사내들〉(베이징)
27,5×43,0(2001)

〈청소부〉(뉴욕) 23,5×25,0(2003)

〈졸고 있는 과일장수〉(타히티 보라보라 섬)
22,5×33,0(1999)

위 〈밤의 굴 전문 요리점oyster bar〉 (파리) 14.0×21.0(1996)
아래 〈소형 살수차〉 (파리) 15.0×19.5(1996)

〈현재 페인트를 다시 칠하는 중〉(더블린) 29,5 × 22,0(2002)

위 〈학꽁치〉 28.5×22.0(2001)
아래 〈라스카스Rascasse〉 17.0×28.5(2006)

몇 해 전부터 물고기 그림을 그리고 있다. 잡은 물고기를 물고기가 살아 있는 두세 시간 안에 그리고, 다 그린 후에는 요리해서 먹는다.

위 〈도미〉 36.0×51.0(2005)
아래 〈말쥐치〉 22.0×33.5(2005)

위 〈홍바리〉 19.5 × 42.5(2005)
아래 왼쪽(위) 〈경단고둥〉 9.5 × 12.4(2005)
아래 왼쪽(아래) 〈그리스의 대합〉 10.5 × 12.5(2006)
아래 오른쪽 〈멸치〉 17.0 × 14.5(2001)

라이프 아트

나도 때로 그림을 사는 일이 있다.

잘 아는 화가의 개인전에 갔다가 작품이 마음에 들어 사 오는 일도 몇 번 있었다. 대체로 적당한 가격의 조그마한 작품인데, 새로운 그림이 내 주변에 더해지는 것은 즐거운 일이다.

현관에서 복도에 걸쳐서는 폴 자클레(Paul Jacoulet,1896~1960)의 판화를 몇 점, 1층 거실에는 아티스트인 친구 부부의 추상 작품과 파스텔로 그린 풍경화를 걸어두었다. 그리고 서재에는 내가 예전에 그린 유화를 걸어두었다. 물론 아틀리에에는 지금 그리고 있는 그림이 있으므로 더 이상 비어 있는 공간은 없다. 그래도 때때로 친구의 작은 그림을 걸 장소를 찾을 때는 살짝 마음이 들뜨기도 한다.

마음에 든 작품을 꼭 갖고 싶어서 사고 나면 몇 시간이고 질리지도 않고 한참을 바라본다.

그러나 몇 개월쯤 지나다 보면, 너무 바쁘기도 하거니와 처음에 품었던 감흥이 점차 희미해져서 걸려 있는 그림 앞을 지날 때도 눈여겨 보지 않게 된다. 일상 속에서 그림이 시야에 들어오는 일이 자주 있다고 해도 새삼스럽게 그 그림을 다시 보게 되지는 않는 것이 보통이다.

그런 식으로 시간이 지나간다.

그러다가 그 그림을 거의 잊어버린다.

그렇다면 과연 그림을 사서 걸어두는 것이 의미가 있는 일일까.

그림은 결코 값싼 물건이 아니다. 적당한 가격, 살 만한 가격이라고 해도 상당한 액수다. 갖고 싶다는 생각이 살짝 든다고 해서 금방 살 수 있는 물건은 아닌 것이다.

그렇게 산 그림인데 시간이 지나면서 그저 벽의 장식물이 되어버렸다면. 게다가 그 그림이 평가가 정해진 대가의 작품이어서 산 곳에서 기꺼이 되사준다거나, 빚의 담보로 다른 사람에게 넘길 만한 가치가 있다거나, 혹은 가지고 있는 동안 가치가 올라서 샀을 때보다 높은 가격으로 팔리는 그림이라면 또 몰라도, 단지 자신이 좋아한다는 이유만으로 산, 다른 사람이 어떻게 평가할지 모르는, 특별히 이름 있는 화가의 작품도 아니라면 어쩔 것인가.

나는 그래도 좋아하는 그림은 가질 만한 의미와 가치가 있다고 생각한다.

나는 미술관에서 그림을 보는 것도 싫어하지 않는다. 상설이든 일시적인 전시든 평소에 볼 수 없는 작품을 넓은 공간과 이상적인 채광 속에서 느긋하게 볼 수 있는 것은 미술관에서만 해볼 수 있는 체험이고, 그것만을 위해 하루를 보낼 가치가 충분히 있다고 생각한다. 하지만 한편으로, 기침 한 번 하는 것도 조심스러운 정적 속에서 마음에 든 그림을 차분히 보고 싶은데 옆 사람이 기다리고 있어서 마지못해 그 자리를 떠나야 한다거나, 반대로 슬슬 다음 그림으로 옮겨가려고 하는데 앞 사람이 있어서 일부러 등 뒤로 돌아 반대쪽으로 이동해야 하는 등 미술관에서 타인을 배려하며 감상하는 것은 피곤한 일이기도 하다.

그런 점에서, 집에 있는 그림을 보는 것은 마음이 편하다.

가만히 서서 벽에 걸려 있는 그림을 바라보는 것도 좋고, 벽에서 떼어내 식탁 앞에 두고 와인을 홀짝이면서 보는 것도 좋다. 방 전체는 어둡게 하되 그 그림에만 빛을 비추고 좋아하는 음악을 틀어놓은 채 감상하는 것 또한 각별하다.

내 그림을 갖고 있는 어떤 사람은, 평소에는 그림을 가방 속에 넣어 열쇠로 잠가놓았다가 이따금씩 심야에 집 안 사람이 모두 잠들어 조용해지면 가방에서 그 그림을 꺼내 혼자 마음껏 바라본다고 한다. 누군가가 내 그림을 그런 식으로 봐준다면 화가로서는 과분할 정도로 고마운 일일 것이다.

벽에 걸어두는 동안 눈에 익어서 매일 아무렇지 않게 지나치는 그림이라도 때에 따라서는 새로운 감흥을 주기도 한다.

기쁜 일이라도 있었을 때, 반대로 어쩐지 마음이 울적할 때, 또는 전혀 관계없는 다른 일을 생각하고 있었는데, 문득 눈에 들어온 그 그림이 왠지 마음에 걸릴 때….

그것이 일상의 어떤 순간인지는 모르지만, 그때까지 눈에 익어 친숙했던 그림이 갑자기 새롭고 다른 그림처럼 보이는 일이 있다. 이미 몇 번이고 봐서 색도 구도도 모두 알고 있는데도 다시 한 번

찬찬히 바라보고 싶어진다. 그렇게 바라보는 사이에 익숙한 그림 속에서 지금까지 알아채지 못한 것을 발견한다.

'그렇구나, 이런 그림이었구나. 이런 식으로도 보이는구나.'

그때 그 짧은 순간의 새로운 발견은 기쁜 마음을 더욱 끌어올려 쓸쓸한 마음을 위로하고 일상의 어려움을 잠시라도 잊게 해준다.

그것이 그림의 효용이고 예술의 힘이며, 그림을 갖는 의미라고 나는 생각한다.

나는 병을 앓고 있을 때 그림을 시작해서, 집 안에 엎드려서라도 그릴 수 있어야 했기에 움직이지 않는 정물을 모티프로 했다. 그러다가 차츰 자연 속에서 피는 꽃을 그리게 되었고, 변화해가는 생명의 아름다움에 매료당했다.

살아 있던 꽃이 대지에서 분리되어 항거하면서 죽어간다. 그 과정을 관찰하면서 꽃의 모습을 종이 위에 옮겨 그린다. 잘되면, 꽃이 시들어 죽어갈 때까지 종이 위에 그 꽃의 생명이 그대로 옮겨져 거기에 영원한 모습을 남길 수 있다. 물론 멋대로 꺾어놓고 생명을 종이 위에 옮겨놓았다고 하는 것은 인간의 오만임이 틀림없지만, 그것도 자연의 꽃이 성불하는 한 방법인지 모른다고 나는 생각한다.

'라이프 아트life art'라는 말을 생각한 것은, 갤러리아 프로바의 스즈키 씨와 만나고 얼마 후 아와지시마淡路島에 미술관을 짓는 프로젝트에 참가한 것이 계기였다.

부엌에 걸려 있던 석 점의 채소 그림을 판화로 만들고, 당시 '벨라스케스의 재림'이라고 평가받은 스페인의 화가 토렌츠 야도(Torrents Llado, 1946~1993)를 영입하여 의기양양해진 갤러리아 프로바의 작품 목록에 가지, 토마토, 오이 등 마치 채소가게 주인장의 매입장부 같은 항목이 추가되던 무렵, 스즈키 씨는 아와지시마의 스모토洲本에 미술관을 짓는 계획을 진행하고 있었다.

스모토 시의 해안가에는 예전에 가네보의 방적공작으로 쓰였던 멋진 벽돌 창고들이 길게 늘어서 있다. 메이지 시대에 건설된 건조물이 그 형태 그대로 남아 있는, 이른바 산업 유적인 셈이다. 내부는 바로 얼마 전까지 직공들이 일하고 있었던 것처럼, 광대한 공간에 줄 맞춰 늘어서 있는 엄청난 자동 직기는 물론이고 탈의실에 남아 있는 작업복이나 모자까지, 모든 것이 당시의 상태 그대로 남아 있다.

이 창고들은 너무 커서 해체하거나 보존한다고 해도 주도면밀한 계획과 엄청난 예산이 필요했다. 스모토 시가 그곳의 재개발을 진행하는 과정에서 아름다운 붉은 벽돌 창고 몇 개를 미술관으로 개조하는 기획이 세워졌고, 스즈키 씨가 그것을 돕기로 했던 것이다.

계약을 하자는 말을 듣고 포시즌스 호텔 '진잔소'의 갤러리아 프로바로 갔더니, 스즈키 씨 외에 그 프로젝트에 관계된 건축가와 코디네이터 등도 나를 기다리고 있었다. 그들은 그림 이야기를 하기도 전에 아와지시마에 짓는 시설의 도면부터 보여주었다.

시설의 중심이 되는 커다란 붉은 벽돌 건물은 토렌츠 야도의 미술관으로 사용하고, 맞은편의 작은 건물은 일부에 유리를 붙인 테라스를 증설하여 레스토랑으로, 그리고 레스토랑과 인접한 공간에는 그림을 전시하는 장소로 활용한다는 구상이었는데, 그들은 내게 그 레스토랑의 프로듀서를 해보지 않겠느냐고 제안했다.

스즈키 씨가 내게 연락을 해온 것이, 내 그림에 흥미가 있어서라기보다 레스토랑 기획에 나를 끌어들일 목적이 아니었을까 싶기도 했다. 하지만 나는 그런 일을 싫어하지 않는 편이라서 메뉴나 인테리어뿐만 아니라 운영 시스템에까지 본격적으로 달려들게 되었고, 한참동안 뻔질나게 아와지시마를 오갔다.

아와지시마의 '알파비아Alfabia'에서는 신축한 레스토랑과 주변으로 이어지는 공간에 내 그림을 걸기로 했다.

레스토랑에서 사용하는 접시도 내가 디자인했다. 아와지시마의 명산물인 양파, 그리고 피자나 파에야 등이 레스토랑의 주요 메뉴라서 토마토와 고추를 화려한 색으로 크게 그린 그림이다. 그 외에 올리브와 딸기를 곁들여 그린 작은 접시나 머그컵 등도 만들었는데, 내가 식기를 디자인한 것은 그때가 처음이었다. 이것이 나중에 시리즈로 만들게 되는 채소 무늬 접시의 시작이었다.

그 후 얼마 지나지 않아 레스토랑 건물 끝에 있는 작은 공간을 이용하여 내가 디자인한 상품과 판화를 전시하고 판매하는 코너를 만들자는 이야기가 나왔고, 스즈키 씨는 거기에 '다마무라 도요오 뮤지엄'이라고 크게 쓴 간판을 걸고 싶다고 했다. 상품만이 아니라 판화도 전시하고 그 밖에 저서나 관련 자료도 전시해놓기 때문에 뮤지엄이라고 할 수도 있겠지만, 그래도 그것은 너무 과장된 듯하여 내 이름과 뮤지엄 사이에 '라이프 아트'라는 말을 넣으면 좋겠다고 스즈키 씨에게 요청했다.

생명이 있는 것을 그린 것이므로 라이프 아트.

일생생활 속에서 보면 좋을 그림을 그린 것이므로 라이프 아트.

그 외에 생활 속에 지천으로 널려 있는 장면을 묘사한 풍경화를 그리므로, 나 자신의 라이프 스타일과 관련된 형태로 그림에 관한 일을 하므로, 삶의 방식이나 생활방식 자체를 예술로 표현하므로 라이트 아트이다. 여러 가지 의미에서 생명이나 생활, 인생을 통틀어 표현하는 '라이프'라는 말을, 예술만이 아니라 기법, 기술, 방법 등을 나타내는 '아트'라는 말에 붙여 '라이프 아트'라는 명칭을 생각해낸 것이다.

영어에는 '아트 오브 라이프art of life', '리빙 아트living art'라는 표현은 있지만 라이프 아트라는 말은 없다고 하는데, 내가 만든 말이라고 해도 상관없을 것 같아서 그대로 썼다.

알파비아라는 이름이 붙은 아와지시마의 뮤지엄과 레스토랑은 7년쯤 영업을 계속한 후 정리했고, 그 한구석에 설치되었던 라이프 아트 뮤지엄도 문을 닫았다. 하지만 그림에 관한 나의 활동을 상징하는 라이프 아트라는 명칭

은, 2007년 봄 하코네의 아시노코芦ノ湖 부근에서 부활한다.

라이프 아트라는 말이 머릿속에 떠오른 것이 언제였는지는 기억나지 않지만, 생명이 있는 것을 그린다는 의미뿐만 아니라 그림을 그리기 시작한 무렵부터 나는 그림은 살아가는 공간 안에 걸어두고 생활 속에서 접하는 것이라고 생각하고 있었다. 애초에 완성한 그림을 액자에 넣어 집 안의 벽에 걸어두고 일상 속에서 바라보는 것이 나의 즐거움이었으므로, 액자에 대해서도 나 나름대로 여러 가지 궁리를 했다.

어두운 색조의 유화에는 확실히 중후한 액자가 어울리지만, 벽에 걸면 두께 때문에 액자 틀이 벽에서 앞쪽으로 상당히 튀어나온다. 유화 캔버스는 나무틀에 붙어 있는 것을 그대로 액자에 끼우기 때문에 액자틀 자체를 두껍게 해야 한다.

그러나 천장이 높고 공간도 넓은 서양 건물이라면 모르겠지만 일본의 좁은 집에서는, 예컨대 복도의 벽에 두꺼운 유화 액자를 걸면 걷는 데 방해가 된다. 익숙해지면 잘 피해 다닐 수 있겠지만, 복도를 걸을 때 눈에 들어오는 것은 액자 틀의 측면뿐이다. 그래서 두꺼운 유화 액자는 일본인의 생활환경에 맞지 않는다.

그렇게 생각하고 나는 유화를 그릴 때도 처음부터 캔버스를 나무틀에 붙이지 않고 평면에 놓고 그리거나 나무틀에 붙인 상태로 그림을 그린 후 캔버스만을 떼어낸다. 그림을 그린 캔버스는 나무틀에서 떼어내지 않는 것이 보통인데, 나는 악전고투했던 습작 때부터 캔버스를 나무틀에서 떼어내기도 하고 다시 붙이기도 하고 또 위치를 바꿔 붙이는 등 멋대로 손대는 일에 익숙해져 있었다. 그렇게 완성한 유화를 수채화용 액자에 넣었다.

그림 액자는 여러 종류가 있는데, 캔버스를 붙인 나무틀이 쑥 들어가게 되어 있는 두꺼운 유화 액자 외에 수채화나 판화를 넣는 수채화 액자 혹은 판화 액자, 데생 액자라고 불리는 얇은 액자가 있다. 수채화나 판화는 종이 위에 그려지므로(또는 프린트되므로) 액자 틀이 얇아도 된다. 유화도 나무틀에서 떼어내기만 하면 캔버스 자체는 천의 두께밖에 안 되기 때문에 얇은 수채화 액자에 충분히 들어간다.

호당 얼마라는 평가액의 설정 기준은 원칙적으로 수채화보다 유화가 더 높다. 평가액이 높은 유화는 묵직하고 두꺼운 액자에 넣어야 가치 있어 보인다는 외양의 문제를 제외하면, 두꺼운 액자 틀을 써야 하는 특별한 이유는 없다. 액자 틀 안의 그림이 어떤 것이든 일상 속에서 보는 것이 예술을 즐기는 방법이라고 생각하면, 액자 틀은 얇을수록 방해가 되지 않아서 좋다.

갤러리아 프로바와 함께 일하면서 나는 그림을 사고파는 것이 어떤 의미가 있는지를 생각하게 되었다.

화랑이나 백화점에서 여는 개인전은 전시를 하면서 판매도 하는 것이기 때문에, 입장은 무료이고 자유롭게 볼 수 있으며 구입하고 싶은 사람은 직접 살 수도 있다. 나는 전시회 기간 중 매일 나가 있지는 않지만, 주말이나 미리 고지한 날에는 전시회장에 가서 사인회를 열기도 한다. 사인회는 책이나 화집 등을 산 사람에게는 그 책이나 화집에, 그림을 산 사람에게는 그 그림의 액자 뒷면에 서명을 해주고 구매자와 함께 기념촬영 등을 하는 행사다.

백화점의 사인회장에는 많은 사람이 찾아온다. 처음에는 내가 그림을 그린다는 사실을 모르고 나를 책의 저자로만 알고 있는 사람이 더 많았다. 하지만 몇 년쯤 그런 활동을 계속하다보니 내 그림에 흥미를 보이는 사람이 점점 늘어나, 최근에는 오히려 내가 책을 쓰는 일을 하고 있다는 사실을 모르는 사람도 있는 것 같다. 글을 쓰는 일의 양이 예전에 비해 줄어든 탓인지 잡지 취재차 찾아오는 젊은 작가나 편집자 중에는 나를 문필가가 아니라 화가로 생각하는 사람도 있다. 그런 말을 들으면 씁쓸하기도 하고 기쁘기도 한, 좀 복잡한 기분이 드는 것이 사실이다.

백화점이나 화랑 등의 개인전 전시장에서는 판매원이 손님을 맞는다.

웬일인지 그림을 취급하는 일을 하는 여성 중에는 미인이 많고, 내 그림을 팔아주는 판매원도 아름다운 여성들이다. 그들은 마음에 든 그림 앞에 서서 골똘히 생각하고 있는 사람을 보면 자연스럽게 다가가 말을 건다.

그림의 모티프에 대한 해설이나 그림이 그려진 환경에 대한 설명, 또는 판화의 기법 등 다양한 이야기를 해서 그 작품에 대한 이해를 돕는다. 물론 살까 말까 망설이는 사람은 점차 사는 쪽으로 마음이 기울어지도록 이야기를 잘 이끌어가는 것 같다.

그런 것 같다고 한 것은, 내가 그 이야기를 옆에서 엿들은 것이 아니기 때문이다.

대체로 나는 조금 떨어진 사인회용 의자에 앉아서 손님과 그들의 모습을 바라보고 있다. 주고받는 이야기는 들리지 않지만, 사람에 따라서는 상당히 오랫동안 이야기에 빠져 있거나 어떤 그림으로 할지 망설이는지 함께 회장을 왔다 갔다 하기도 한다. 그렇게 열심히 이야기를 나누고 있는 모습을 보면, 손님과 판매원은 마치 오랫동안 알고 지낸 관계라도 되는 것 같다.

물론 회장에 오는 사람들 중 처음부터 그림을 사려고 마음먹고 오는 사람은 극히 소수이다. 사면 어떨까 하는 생각을 갖고 오는 사람도 그리 많지는 않을 것이다. 우연히 들렀다가 개인전을 하고 있으니 잠깐 보고 갈까 하는 마음으로 찾아오는 사람들이 대부분이다. 그중 몇 명은 그림을 보다가 어떤 그림에 끌려 멈춰 선 채 생각하기 시작한다. 판매원들이 다가가 말을 거는 것은 그런 사람들이다.

판매원들은 프로이므로 집요하다는 느낌을 주어서는 안 된다는 것을 잘 알고 있어 결코 무리하게 권하지 않는다. 그래도 너무 오랫동안 이야기에 열중하는 모습을 옆에서 보고 있으면 때로는 걱정이 되기도 한다. 너무 무리하게 권하지 않으면 좋겠다는 마음에서다.

물론 이야기만 나눌 뿐 그림을 사지 않고 돌아가는 손님이 더 많지만, 그중에는 사기로 결심하는 손님도 있다.

구매가 결정된 그림은 내 책상으로 옮겨지고, 나는 그곳에서 액자 뒷면에 서명을 한다. 그때 판매원을 따라 내 책상으로 오는 사람은 예외 없이 안심한 듯한, 약간 상기되고 개운하다는 표정이다.

오랫동안 망설이고 생각한 사람일수록 더 그렇다. 드디어 결심했다고 말하며 기뻐하는 사람도 있고, 오히려 나에게 고맙다고 예를 표하는 사람도 있다.

그림을 산다는 것은 그만큼 큰 결심이 필요한 일인 것이다. 그러므로 망설이고 있을 때 판매원이 등을 밀어주어 큰 결심을 할 수 있었다는 것을 기쁘게 생각하는 것이리라. 그런 말을 들으면 나까지 기분이 좋아진다.

그림을 산다는 것은 다른 물건을 사는 것과 다르다.

아무튼 없어도 되는 것에 큰 돈을 지불하는 일이다. 그 그림이 없다고 죽지도 않고, 그 그림이 있다고 배가 부른 것도 아니다. 벽이 허전하면 포스터나 달력을 걸면 되는데, 진짜 그림을 걸려는 것이다.

그러니 첫 결심에는 많은 에너지가 필요하다. 일상 속에 그림이 있는 삶이 어떤 것인지를 일단 알게 된 사람은 그 후 그림을 사는 사람이 된다.

그림이 좋아 미술관에 자주 가고 화집도 몇 권 갖고 있지만 진짜 그림은 사지 않는다는 사람도 있고, 그때까지 그림에 특별히 흥미가 없었는데 우연히 전람회에서 본 그림이 마음에 들어 그림을 몇 점이나 사게 된 사람도 있다.

그림을 사는 사람과 사지 않는 사람 사이에는 눈 딱 감고 점프하지 않으면 넘을 수 없는 도랑 같은 게 있는 모양이다.

책을 읽고 감동하는 것과 그림을 보고 감동하는 것은 좀 다른 면이 있다.

책의 저자 중에는 열광적인 팬을 거느린 사람들도 있지만 그다지 알려져 있지 않은, 이른바 마이너 시인도 있다. 출판사는 기본적으로 어느 정도의 독자를 상정할 수 없는 작가의 책은 출판하지 않는다. 초판으로 몇 천 부는 인쇄해야 상업적인 출판이 가능하기 때문에, 독자가 별로 없을 것 같은 책은 처음부터 햇빛도 보지 못하는 것이다.

그림은 다르다.

판화라고 해도 제작하는 수량은 기껏해야 백이나 2백이고, 원화는 이 세상에 단 한 점밖에 존재하지 않는다. 그러므로 그림을 파는 것은, 원화의 경우 단 한 사람의 매수자만 있으면 되는 것이다. 경매에서 수천 명의 희망자가 경합한다고 해도 그 그림을 사는 것은 단 한 사람이다.

또한 천만 명의 사람들이 그 그림을 보고 '시시하다, 가치 없다, 이런 그림이 어디가 좋다는 거지?' 하고 무시하거나 혹평한다고 해도, 천만 한 번째 사람이 그 그림을 보고 감동하면 그 그림은 충분히 존재 가치가 있는 것이다.

나는 지금까지 문고판까지 포함하여 백 권 이상의 책을 썼다. 하지만 사인회를 별도로 한다고 해도 거리의 책방에서 내 책이 팔리는 순간을 목격한 적은 한 번도 없다.

신간 저서가 진열된 서점의 내 책 옆에서 누가 사지 않을까 하고 한참을 기다려본 적도 있다. 한 손님은 손에 들고 팔랑팔랑 페이지를 넘기기에 사려나 했더니 제자리에 툭 놓고 가버린다. 어떤 손님은 내 책을 손에 들고 한참 고민하더니 결국은 옆에 놓인 책을 사들고 나간다. 이것은 많은 저자들이 하는 말인데, 책이 수천 권 수만 권이 유통되어도 자신의 책이 팔리는 현장을 목격하는 순간은 정말 드문 일이다.

그러나 그림의 경우, 개인전 전시장에 있으면 그것이 팔려나가는 순간에 입회할 수 있다. 백화점에서 연 개인전에서는 몇 번이나 신기한 체험을 했다.

어느 날, 전시장의 구석진 곳에 작고 오래된 유화를 걸어둔 적이 있다. 초기의 유화 작품은 기념용으로 간직할 뿐 보통은 전시하지 않는데, 그때는 전시장은 넓은데 전시

할 그림이 부족해서였는지 그 이유는 확실히 기억나지 않지만 어쨌든 그 그림을 걸기로 했다.

그것은 원래 훈제한 연어 머리와 말린 석류를 그린 그림이었는데, 그 연어의 느낌이 아무래도 납득할 수 없어 캔버스를 반으로 잘라 연어가 그려진 부분을 버리고 석류만 남겨 액자에 넣었던 것이다. 검게 칠해진 화면 중앙에 차분한 붉은색의 석류가 있고, 그 일부가 어두운 은색으로 칠해져 있었다. 나는 그 그림이 마음에 들어 오랫동안 서재의 벽에 걸어두었다. 그거야말로 어둡고 검은 그림이었으므로 전시한다고 해도 어차피 팔리지 않을 것이라서 개인전이 끝나면 가지고 돌아갈 생각이었다.

그런데 개인전 마지막 날이었을 것이다. 저녁 무렵 손님도 뜸해진 시간에 휠체어를 탄 한 청년이 어머니와 함께 전시장 안으로 들어섰다. 전시장을 절반쯤 돌았을 때 청년은 그 그림을 발견하고는 그 앞에서 휠체어를 멈춘 채 그대로 움직이지 않았다.

꽤 오랫동안 청년은 그림을 바라보았다. 모자를 쓰고 있었으므로 표정은 잘 보이지 않았는데, 어머니도 무슨 일인지 몰라 어리둥절해하고 있는 것 같았다.

결국 청년이 그 그림을 꼭 갖고 싶다고 하여 어쩔 수 없이 팔게 되었다. 그런데 어머니의 이야기에 따르면 그는 중병으로 오랫동안 병원에 입원해 있다가 가까스로 곧 퇴원할 수 있게 되었고, 그날은 정말 오랜만에 외출 허가를 받아 잠시 밖으로 나왔다는 것이다.

나는 청년과는 거의 말을 나누지 않았고 그림에 대한 설명도 자세히 하지 않았지만, 내가 병으로 괴로워하고 있을 때 그린 그림 속의 무언가가 청년의 가슴속 무언가와 통했으리라.

누구의 작품이든 그림에는 신기한 힘이 있는 것 같다.

호쿠리쿠北陸[17] 지방의 어느 백화점에서 개인전을 개최했을 때도, 딸이 전시회장에서 그림을 보고 돌아간 후 갑자기 밝게 이야기를 하게 되었다며 인사하러 온 아주머니가 있었다. 딸은 몇 년이나 자폐증을 앓고 있어 가족과도 거의 말을 나누지 않았다. 그런데 그날은 이러저러한 그림을 봤고 굉장히 멋있었다며 밖에서 돌아오자마자 장황하게 이야기를 시작했고, 그날 이후 완전히 밝아졌다고 한다.

최근에도 기쁜 뉴스가 있었다.

---

17) 현재의 후쿠이, 이시카와, 도야마, 니가타 등을 이르는 총칭

어떤 남자가 골프를 치던 중 타고 있던 카트가 갑자기 미끄러지는 바람에, 벼랑 위에서 떨어져서 목 아래를 움직일 수 없는 심각한 장애를 안게 되었다. 의사는 평생 누운 채 지내는 것을 각오해야 한다고 했다. 그러나 결사적으로 재활 훈련을 한 덕에 가까스로 몸을 조금 움직일 수 있게 되었을 무렵, 백화점에서 개최한 나의 개인전을 보고 자신도 이런 그림을 그리고 싶은 열망이 생겼다고 했다. 그때부터 그는 연필을 손에 쥐고 꽃 그림을 그리는 연습을 시작했다고 한다.

전시회장에 온 그 사람에게서 이야기를 들은 것은 작년이었는데, 그때 그는 초기에 그렸다는 연필화를 보여주었다. 강력한 필치와 정확한 데생으로, 도저히 장애를 가진 사람이 그렸다고는 생각되지 않는 그림이었다. 그는 10분을 그리고 누워 한 시간을 쉬고 다시 10분을 그리는 식으로 온몸의 고통과 싸우면서 계속 그렸다고 한다. 그 결과 생각대로 움직일 수 없었던 몸이 점차 자유롭게 움직일 수 있게 되었다.

그 후 몇 번인가 볼 기회가 있었는데, 그때마다 손의 움직임이나 걷는 자세에서 장애가 느껴지지 않을 만큼 호전되는 걸 느꼈다. 순조롭게 회복되고 있다는 확실한 증거였다. 내 그림을 보고 그림을 그리고 싶다는 충동을 느끼지 않았다면 그 정도로 회복하는 것은 도저히 불가능했다는 이야기를 듣고 나는 그림을 그리길 정말 잘했다고 생각했다. 그와 동시에 그린다거나 본다는 울타리를 넘어선 예술의 힘을 공유할 수 있는 행복한 유대가 존재한다는 것을 깨달았다.

모란디의 아침

아틀리에의 책상 주위에는 지인의 아이들로부터 받은 그림이나 오브제가 장식되어 있다.

그림을 그리다가 조금 지쳤을 때 그 작품들이 눈에 들어오면 안도감이 든다.

종이를 고래 모양으로 잘라 붙이고 양면에 청색과 에나멜그린 선을 가득 그은 오브제.

한쪽 눈에 검은 안대를 한 해적 같은 악한의 얼굴.

내 얼굴을 그렸다는 검은 선의 연필화.

어느 것이나 자유롭고 활발한 터치인데 부러울 정도로 멋지다.

흔히 아이 같은 그림이라고 하는데, 아이들의 그림은 어느 것이나 근사하다. 누구든 그림은 어렸을 때 가장 잘 그리고, 어른이 되면서 그것도 그림을 전문적으로 공부하게 되면서 점점 서툴어지는 게 아닐까 하는 생각마저 든다.

그림은 어디에서 그리기 시작해도 괜찮다. 또한 어디서 끝내도 상관없다.

무엇을 그리건, 그리지 않건 자유다.

그러므로 아이가 아니어도 하얀 종이나 아무것도 그려져 있지 않은 캔버스를 대할 때의 기분은 해방감으로 가득 찬다.

최근에는 장수 시대를 반영하듯 남성 문필가 중에도 여든을 넘긴 나이에 작품을 발표하는 작가나 평론가가 등장했는데, 예전에는 몇 명의 특별한 여성 작가를 제외하면 글을 쓰는 직업을 가진 사람은 70대가 되면 점차 활동을 끝내는 경우가 많았다.

글은 논리적으로 쓰지 않으면 안 된다.

아무리 감각적인 문장이어도 독자가 이해할 수 있도록, 적어도 문법이나 기본 어순은 어느 정도 지킬 필요가 있다. 최근에는 단편적인 글을 닥치는 대로 써두고 나중에 컴퓨터로 편집하는 일이 가능해졌지만, 최종적으로 발표할 때는 그러한 글들을 순서 있게 정리하지 않으면 안 된다. 즉, 사소한 부분부터 순서대로 의미가 이어지도록 써야 하는 것이다. 이 작업은 일정 정도 이상의 명석한 두뇌를 필요로 한다. 인간은 나이를 먹으면 누구나 논리적으로 말을 하는 능력을 잃어버리는 법이다. 나도 이제 고유명사가 잘 생각나지 않는다. 이런 식으로 가다가는 언제까지 의미가 통하는 글을 쓸 수 있을지 장담할 수 없다.

그러나 논리적인 능력은 떨어져도 그림은 그릴 수 있다.

다시 말해 문필가는 나이를 먹으면 글쓰기를 그만두지 않으면 안 되지만, 화가는 언제까지고 그림을 그릴 수 있는 것이다.

화가의 세계에서는 노대가가 떨리는 손으로 그린 어린이 같은 그림이,

"어린아이 같은 그림이다."

하며 칭찬받는다. 마침내 유아와 같은 순진무구한 경지에 도달했다며 호평을 받는다.

그러나 문장가는 난처하다. 설령 인기작가라고 해도.

"어린아이 같은 글이다."

라는 말을 듣는다면 끝장이다. 칭찬받기는커녕 더 이상 출판사에서 원고 청탁을 받지 못할 것이다. 예전에 고명한 소설가가 완전한 치매 상태에서 쓴 지리멸렬한 글이 아무런 수정 작업도 거치지 않고 그대로 잡지에 게재되었다는 유명한 이야기가 있다. 지금이라면 그런 희귀한 원고가 인터넷에서는 화제가 될지 모르지만, 그 상태라면 직업적인 작가로 존재할 수 없다.

혹시라도 내가 백 살까지 산다고 한다면(그렇게 장수하지는 못할 거라고 생각하지만), 백 살의 후지 산을 그리고 싶다. 종이 위에 후지 산으로도 또 다른 것으로도 보이는 삼각형의 산 같은 선을 더듬더듬 긋고… 확실히 알지는 못하더라도 어쨌든 길한 그림이니, 침을 흘려 낙관을 찍으면 서명을 대신할 수 있을 것이다. 물론 농담이지만, 어쨌든 그림은 죽을 때까지 계속 그릴 수 있다.

어렸을 때 어머니가 나에게 물었다고 한다.

"커서 뭐가 되고 싶니?"

나는 기억하지 못하지만, 어머님 말씀에 의하면 그때 나는,

"그림을 그리거나 글을 쓰거나."

하고 대답했다고 한다.

그림을 그리거나 글을 쓰거나… 바로 어렸을 때부터 하고 싶어 한 일을 60이 넘어서까지 그대로 하고 있는 셈이다. 행복한 인생이

라고 하지 않을 수 없다.

초등학교에 들어가기 전에는 유치원에 가고 싶은지 어머니가 물었다고 한다.

당시에는 유치원에 다니는 아이는 절반 정도에 지나지 않았다. 지금과 달리 다니지 않는 아이도 많았는데, 그렇게 묻자 나는,

"유치원은 뭐 하는 곳인데?"

하고 되묻고는, 어머니가,

"다 함께 그림을 그리고 놀이를 하는 곳이야."

하고 대답했더니

"다 함께라면 싫어."

라고 대답했다고 한다.

역시 나다운 대답이라고 가족들이 크게 웃었다는데, 지금 내가 생각해도 나다운 대답이다.

아마추어 화가라고 하지만 액년을 맞아 그림을 다시 시작한 지도 벌써 20년이 지났다.

10년이 지날 무렵부터 오치다 요코 씨의 심경을 알게 되었다. 그때 오치다 씨는 집에 자신의 그림을 걸지 않는

다고 했다. 그리고 있는 작품 하나가 있을 뿐, 완성된 그림은 모두 화랑에서 가져간다고도 했다. 나도 매년 여러 차례 개인전을 열게 되면서 부터는 완성된 작품은 곧바로 내 곁에서 없어지고, 그에 따라 나에게는 지금 그리고 있는 그림밖에 남아 있지 않은 상태에 익숙해졌다.

아마추어는 사랑하는 사람이다. 자신의 그림을 너무 사랑하기 때문에 내놓을 수 없다. 게다가 그림이 잘 그려진 경우가 많지 않기 때문에 어쩌다가 잘 그려지면 두 번 다시 이렇게 좋은 그림을 그릴 수 없을지도 모른다고 생각하는 것이다. 하라 화랑에서 첫 개인전을 열었을 때 내가 바로 그랬다. 잘 그려진 그림을 아틀리에의 이젤에 세워놓고 바라보면서, '나는 천재다…. 하지만 이런 그림은 두 번 다시 그릴 수 없을지도 모른다.'라고 생각했다.

지금은 그림을 완성하면 그날 밤 정도는 아틀리에에 두고 바라보지만 이튿날이면 떠나보낸다. 사무소에서 스캔을 하여 자료로 정리한 다음, 곧바로 포지티브 사진을 촬영하기 위해 도쿄의 스튜디오로 보내버리기 때문이다. 나도 지금은 이를 아무렇지 않게 생각하고, 더 이상 나 자신을 천재라고 생각하지도 않는다. 아무리 잘 그린 그림이라도 좀 더 잘 그리지 못했음을 아쉬워하고, 다음에는 좀 더 좋은 그림을 그리자고 생각한다. 지금까지 그린 그림 중에서 가장 좋아하는 것이 어떤 작품이냐고 묻는 사람이 가끔 있다. 내가 가장 좋아하는 작품은 다음으로 그릴 작품이라고 대답하게 된 걸 보면, 나도 이제 조금은 프로다워진 게 아닐까.

그림 귀퉁이에 서명을 하는 것도 처음에는 주저했다. 그래서 초기의 유화 작품에는 서명을 하지 않았다. 하려고도 했지만 굳이 서명을 할 것까지는 없다는 생각이 들었다.

다 그린 그림을 직접 소장한다면 작자를 밝히는 서명이 굳이 필요하지 않다. 서명은 다른 사람에게 건네거나 타인에게 보여주는 행위를 상정한 시점에 필요해지는 것이다. 요양하며 심심풀이로 그림을 그리기 시작했을 때는 그런 것을 생각할 여유조차 없었다.

내가 내 그림에 서명을 하게 된 것은 수채화를 그리기 시작하면서부터인데, 한동안은 성과 이름을 함께 적거나 때로는 그 옆에 낙관 대신 도장을 찍기도 했다. 현재와 같은 알파벳 필기체로 성만을 쓰는 스타일의 서명은 어느 신문에 연재하는 칼럼 원고에 내 그림을 일러스트로 덧붙이게 되었을 때부터 쓰기 시작했다. 조그만 칼럼이어서 원화의 크기를 축소해야 했는데, 서명이 작으면 눈에 띄지 않을까봐 이름을 생략하고 대신 커다란 글자로 성만 썼다. 글자체에 다소 변화는 있었지만 그 이후로는 일관되게 이 형태의 서명을 쓰고 있다.

일반적으로 그림의 서명은 화면 아래 구석진 곳에 하는 경우가 많지만, 나는 여백이 많은 수채화를 그리면서부터 화면 아래의 구석만이 아니라 그림의 크기나 구도(여백을 두는 방식)에 따라 서명의 위치나 글자의 크기를 바꾸어 썼다. 경우에 따라서는 성의 네 글자(TAMAMURA)를 2단으로 나눠 쓰는 등 서명 자체를 그림의 일부로 생각하게 되었다. 여백과의 균형을 고려하여 써넣는 글자(서명·낙관)의 레이아웃을 바꾸는 것은 서양화에서는 그다지 볼 수 없지만 일본화에서는 흔한 일이다.

이름을 생략하고 비교적 큼직한 글자로 성만 쓰는 방식은 사실 이탈리아의 화가 조르조 모란디(Giorgio Morandi, 1890~1964)를 본뜬 것이다.

조르조 모란디는 내가 좋아하는 화가 가운데 한 사람이다. 지금까지 내가 좋아하는 화가도 여러모로 변해왔다. 고등학교 때는 기세가 좋고 매우 난폭한 터치로 그리는 카임 수틴이나 모리스 드 블라맹크를 좋아했는데, 중년이 되어 고등학생 때의 그림과는 확 달라진 조용한 그림을 그리기 시작하고부터는 역시 조용한 그림을 그리는 사람이 좋아졌다.

특히 병에 좀처럼 차도가 보이지 않던 시기에는 오딜롱 르동(Odilon Redon, 1840~1916)과 같은 환상적인 그림을 그리는 화가에게 매료되었다. 시커먼 화면에 이 세상의 것이라고는 생각되지 않는, 존재감이 희박한 화초가 떠 있는 듯한 그림이나, 프랜시스 베이컨(Francis Bacon, 1909~1992)의 육체나 얼굴이 회전하면서 파괴되어 가는 듯한 섬뜩한 화면도 감동을 주었다.

병이 안정된 후 실제 제작에 참고가 되는 그림을 찾게 되면서 현대 식물화가의 화집을 모으기도 했는데, 지금도 마음에 두고 있는 사람은 17세기 이탈리아의 세밀화가 조반나 가르초니(Giovanna Garzoni, 1600~1670)다.

이탈리아의 각 도시에서 귀족을 섬겼던 이 궁정화가는 바위 위에 과일이나 꽃, 채소를 담은 접시나 사발을 올려놓고 양피지 또는 송아지 가죽에 템페라로 그렸다. 그런데 그 세밀한 필치와 독특한 구도가 현대에도 통하는 신선한 감각이 있다. 그녀의 주요 작품은 메디치 가의 소장품으로 피렌체의 우피치 궁전에 있다고 하는데, 나는 영국에서 간행된 이탈리아 요리책에 삽화로 쓰인 서른 몇 점의 작품밖에 본 적이 없으므로 언젠가 기회가 된다면 꼭 원화를 보고 싶다.

그 외에는 예컨대 영국의 윌리엄 니컬슨(Sir William Nicholson, 1872~1945)과 같은 고상하고 차분한 그림을 그리는 사람을 좋아한다. 일관되게 관심을 갖고 있는 모란디도 그 계보에 이어지는 사람이다.

조르조 모란디는 20세기 초 격동의 시대를 살면서도 모든 정치활동이나 회화운동에서 초월하여 홀로 조용하게 스토아학파풍의 정물화나 풍경화를 그린 사람이다. 특히 만년에는 아침의 빛 속에서 떨며 사라져가는 듯한, 제한된 색과 형태의 병, 항아리, 물주전자를 반복해서 그렸다.

이탈리아 중부의 도시 볼로냐에서 태어나 죽을 때까지 그곳에서 살았고, 지금도 아틀리에가 그곳에 남아 있다. 나는 그곳을 두 번 방문했는데, 처음에 갔을 때는 그가 죽을 때까지 그림을 그렸던 아틀리에가 자택에 남아 있었다. 두 번째 찾았을 때는 모란디 미술관이라는 다른 건물이 생겼고, 아틀리에는 그곳으로 옮겨져 있었다. 그 아틀리에는 화가의 아틀리에치고는 정말 작고, 놓인 물건도 얼마 되지 않은 잘 정돈된 방이었다.

만년의 모란디는 매일 아침 일찍 일어나 그림을 그렸다.

아침의 떨리는 빛 속에 작은 도기 항아리나 천으로 만든 장미와 같은 조화를 꽂아놓은 가는 병을 놓고, 늘어놓은 순서를 바꾸거나 조금씩 위치를 옮기거나 빛이 비추는 형태를 바꿔가면서 질리지도 않은 채 동일한 모티프를 추구했다. 그의 세 누이의 생일에는 그렇게 그린 조그만 꽃그림을 선물하는 것이 관례였다고 한다.

모란디의 조용한 생활.

남아 있는 아틀리에의 책상 위에는 먼지를 뒤집어쓴 조화 몇 개가 놓여 있었다.

작은 아틀리에에서 이런 식으로 평온한 그림을 그리다 죽어가는 인생도 나쁘지 않은 것 같다.

에필로그

2007년 4월 15일, 하코네 아시노코 부근에 '다마무라 도요오 라이프 아트 뮤지엄'을 개관했다. 예전 하코네의 이즈하코네伊豆箱根 철도의 유람선이 뜨고 오는 곳 바로 앞에 있다.

호수에 면한 넓은 테라스를 가진 히다카 요시미日高良実 셰프의 레스토랑 '아쿠아파차acqua pazza 테라스'와 나란히 있는 뮤지엄 건물에는 원화의 전시 공간과 판화의 전시 판매 공간, 나의 저서나 내가 디자인한 상품을 진열해놓은 가게, 도서관과 조그마한 그림을 그릴 수 있는 공간 등이 마련되어 있다. 현지 기업이 지자체의 요청으로 착수한 프로젝트에 나는 아티스트로서 참가하게 되었는데, 앞으로는 이곳에서 1년에 두 번쯤 신작 원화를 발표하고 수시로 판화의 사인회 등을 개최할 예정이다.

물론 나의 생활 본거지인 나가노 현 도미東御 시의 빌라데스트 안에 있는 작은 갤러리에서도 작품을 전시하고 판매하고 있다. 또 지금까지 해온 대로 각지의 백화점에서 순회 전시회도 열 생각이다. 그러나 내가 매년 신작 발표 전시회를 해온 갤러리아 프로바는 전략을 일신하여 새로운 회화 사업에 몰두하게 되었으므로, 메지로目白의 포시즌스 호텔 진잔소 안의 화랑을 기반으로 한 12년 남짓한 나의 회화 활동은 마침표를 찍게 되었다. 마흔하나가 된 해부터 그림을 그리기 시작한 지 올해로 20년, 마침 단락을 짓는 시점에 다시 시작하는 새 출발이다.

그림에 관한 단행본을 쓰는 것은 이번이 처음이다. 과거의 사건을 관계자의 실명을 거론하며 쓰는 것도 나에게는 예외적인 일이다. 이 책에서는 앞으로 그림을 그려보려는 사람을 위해 제작 과정의 사진까지 공개했다. 별로 참고가 되지 않을지도 모르지만 내 그림을 보고, 이 그림은 이런 식으로 그린 거구나라고 생각해준다면 그것만으로도 좋을 것 같다.

고등학교 시절에 그렸던 그림을 25년 만에 다시 그리기 시작하며 악전고투한 결과 그럭저럭 그려낸 정물화 습작도, 지금까지는 창피해서 아틀리에의 선반 제일 깊숙한 곳에 넣어두고 절대 다른 사람에게 보여주지 않았는데 이번에 큰맘 먹고 공개한다. 이 그림과 대면하는 것이 이것을 그린 이후로 거의 처음이라서 반가우면서도 내심 부끄럽기 짝이 없다. 그러나 생각해보면 모든 시작이 거기에 있었다.

2007년부터 2008년에 걸쳐 가마쿠라와 교토의 근대미술관에서 다마무라 호쿠토전展이 개최되었다. 세상을 떠난 지 56년 만에 처음으로 열리는 아버지의 대규모 회고전이었다. 물론 아버지를 제쳐놓고 나의 개인 미술관이 먼저 생겼다는 것은 절대로 보고할 수 없지만, 만약 그 사실이 영적인 힘에 의해 아버지에게 알려진다고 해도, 아버지가 그림에 대해 일러준 이래 그 가르침을 잘 지켜 한 번도 공상으로 그림을 그린 적이 없는 아들을 용서해주었으면

한다. 불초소생으로서 이 기회에 아버지의 업적이 다시 세상에 널리 알려지게 된 것을 진심으로 기쁘게 생각한다.

빌라데스트의 아틀리에에서

게재 작품 일람

속표지

- 하니사클 5
- 클레마티스와 그리스 꽃병 14

제1장

- 싹이 난 양파(부분) 45
- 오디/익어가는 피노 49

제2장

- 자주색 클레마티스2007 57
- 오렌지와 마멀레이드 병이 있는 정물(첫 번째 습작) 82

• 건과 83

• 책(호두의 생활) 84

• 검은 포도/검은 석류 85

• 연어/게/고추냉이 86

• 첫 수확/시든 해바라기/미요타의 집 87

• 가지가 달린 두 개의 사과/세 마리의 게 88

• 벨오로라/분홍색 제라니움/붉은 오리엔탈 양귀비 89

제3장

• 변형 토마토/오이/가지 113

• 주키니 2색 변종/감자 싹/비트 왕자 114

• 인면 토마토 115

• 호두와 와인/카망베르 치즈/양송이 A.B.C.D 116

• 탈리아텔레 만드는 법/막 캔 양송이/불에 올린 냄비 II 117

• 눈사람 시리즈 118

• 동물들의 크리스마스/동물 숲의 크리스마스(최후의 만찬)/전사의 휴식 119

• 아를르의 아가씨IV 120

제4장

• 초등학교의 그림일기에서(하네/선물상자/귀면/사다리 곡예) 164~169

• 자화상/자화상 II/자화상 III 172

제5장

• 붉은 잎의 메를로/자두의 가지 200

• 초록색의 샤르도네/두 개의 작은 석류 201

• 자주닭의장풀/붉은 꽃의 클레마티스/에키놉스/라벤더와 벌꿀 202

• 붉은 당근과 하얀 당근/동그란 가지/수확한 양파 203

• 밭의 주키니/벌레 먹은 붉은 피망/양배추 204

• 르 콩트와르 뒤 르레/식당의 빨간 의자 205

• 자전거를 수리하는 사내들/청소부/졸고 있는 과일장수 206

• 밤의 굴 전문 요리점/소형 살수차 207

• 현재 페인트를 다시 칠하는 중 208

• 학꽁치/라스카스 209

• 도미/말쥐치 210

• 홍바리/경단고둥/그리스의 대합/멸치 211

옮긴이 송태욱

번역가. 연세대학교 국문과와 같은 대학 대학원을 졸업하고 문학박사 학위를 받았다. 도쿄외국어대학 연구원을 지냈으며 현재 연세대에서 강의하며 번역 일을 하고 있다. 지은 책으로 《르네상스인 김승옥》(공저)이 있고, 옮긴 책으로는 《사랑의 갈증》《비틀거리는 여인》《세설》《만년》《탐구1》《형태의 탄생》《눈의 황홀》《윤리 21》《포스트콜로니얼》《트랜스크리틱》《천천히 읽기를 권함》《번역과 번역가들》《연애의 불가능성에 대하여》《소리의 자본주의》《베델의 집 사람들》《매혹의 인문학 사전》《핀란드 공부법》《빈곤론》《과학의 척도》《유럽 근대 문학의 태동》《미인의 탄생》《안도 다다오》《해적판 스캔들》《십자군 이야기 1》등이 있다.

그림 그리는 남자

첫판 1쇄 펴낸날 2012년 3월 29일

지은이ㅣ다마무라 도요오
옮긴이ㅣ송태욱
펴낸이ㅣ박남희
편집ㅣ박남주, 노경인, 김주영
마케팅ㅣ구본건
제작ㅣ이희수
디자인ㅣStudio Bemine

종이ㅣ화인페이퍼
인쇄ㅣ청아문화사
제본ㅣ정민제본

펴낸곳ㅣ(주)뮤진트리
출판등록ㅣ2007년 11월 28일 제318-2007-000130호
주소ㅣ서울시 영등포구 양평동 2가 37-2 양평빌딩 301호
전화ㅣ(02)2676-7117 팩스ㅣ(02)2676-5261
E-mailㅣgeist6@hanmail.net

ISBN 978-89-94015-45-3 03800

* 잘못된 책은 교환해드립니다.